人间何所以

赖 继 著

四川人民出版社

图书在版编目（CIP）数据

人间何所以 / 赖继著. -- 成都 : 四川人民出版社，2024. 11. -- ISBN 978-7-220-13866-9

Ⅰ. I247. 7

中国国家版本馆 CIP 数据核字第 2024DA0747 号

RENJIAN HESUOYI
人间何所以

赖继　著

出品人	黄立新
选题策划	徐晓亮
监　　制	郭　健
责任编辑	陈　纯
封面设计	叶　茂
封面绘图	赖奕涵
版式设计	李秋烨
责任校对	舒晓利
责任印制	周　奇

出版发行	四川人民出版社（成都三色路 238 号）
网　　址	http://www. scpph. com
E-mail	scrmcbs@sina. com
新浪微博	@四川人民出版社
微信公众号	四川人民出版社
发行部业务电话	（028）86361653　86361656
防盗版举报电话	（028）86361653
照　　排	四川胜翔数码印务设计有限公司
印　　刷	四川机投印务有限公司
成品尺寸	145mm × 210mm
印　　张	8
字　　数	155 千
版　　次	2024 年 11 月第 1 版
印　　次	2024 年 11 月第 1 次印刷
书　　号	ISBN 978-7-220-13866-9
定　　价	49. 80 元

从你的全世界喝过

（代序）

我的挚友告诉我，序言或者后记其实是和读者直接沟通的一个桥梁，让读者知道你在想什么，让读者知道你的内心世界，呈现你的真情实感。写序这事，我并不擅长，且极为痛苦，前阵子却刚刚写了一篇。之前写过一本叫《X局密档》的长篇小说，后来由谷嘉诚、尚语贤出演，在电视剧开播前，四川人民出版社进行了再版，编辑老师让我给大家讲讲创作历程，于是我就炮制出了为数不多的序言之一，叫《请永远感谢不懂事的自己》。

有位兄长给我说过，过饱的饭不能吃，过头的话也不能说。我才说过再也不想写序了，没过多久，又要给自己写序了。过去我确实做得不好，我写完故事，就以为故事已经包含了所有我要表达的东西，生怕多一些序言或者后记浪费读者时间，也浪费纸张。

所以，这些年来公开用文字谈故事外的时刻，少得可怜，我得自己进行检讨。这些为数不多的故事外的文字，第一次是给长篇小说《宿敌：山河无名》写后记《我想和世界聊聊》；第二次是给长篇小说《AI 特侦局》写后记《趁活着去见你想见的人》；第三次是给长篇小说《九歌：岁晏孰华》写自序《和读者谈谈我的黑历史》。

光听这些篇名，给人感觉像是一些记录兵荒马乱青春伤痛的书，但其实并不是。书名和内容有时候并不一定要完全对应，我知道没有必须完全对应这样的规定。书名、篇名往往只需要和心情对应，有时候甚至只需要和季节对应。毕竟写作者多是感性者，而不都是严谨的侦探。

从集子的诸多篇章里抽出一篇作为全集的总名称，是广大作家出版个人作品集的命名规则，仿佛约定俗成。既然没有办法在取名的时候“免俗”，那就好好写一篇序，纪念一下这些年在行业里摸爬滚打，历经艰辛，终于把自己的作品搬上荧幕的心路历程。

这是我第一次出版自己的短篇小说集，我得好好修座桥梁，哪怕它是单向的，但我仍希望它是高速的，可以快速把此岸的喜怒哀乐架到彼岸，对了，一定要修成八车道。

为什么这篇序言要叫这么奇怪的名字？这是在向我喜欢的一

本小说集致敬。读那本小说集的时候，我还年轻，和全世界可以路过，而现在的我已经经历了许多生活的难，好像也喝过很多酒，路过是路过不了了，快四十的人了，再谈什么青春难免显得有点矫情。

这本集子收录了我的八篇小说，为什么是八篇，不是九篇、十篇？因为……没有了。这些年我一头扎进长篇小说创作和剧本创作的泥沼里，短篇写得极少。这八篇是迄今为止我完成的所有短篇小说。

2023 年的国庆节前夕，我有缘拜会文坛大佬包倬兄长。包兄是出色的小说家，我们在滇池边相谈甚欢，他给我打了一个比喻：写长篇如布阵行军，写短篇却如短兵相接。这给我很大的启发，打巷战和打阵地战，其性质殊异，长篇创作足见世界构架之力，而短篇创作足见笔力深浅。

我于短篇创作上时日尚浅，包兄的金玉良言如醍醐灌顶，给我打开一条思路。返回成都后，我彻夜拜读包兄著作，东施效颦，邯郸学步，拟要写出一部自己的短篇集子。这一惊世骇俗的想法得到止一堂徐晓亮兄长的支持，我逐一梳理文稿，形成了手上的八篇小说。

这八篇小说，风格各异，主题不一，长短不齐。

《她与洪流》讲述女性对抗网络暴力，《金钱堡垒》讲述王子复仇，《白夜星辰》讨论法律的温暖，《无边无际》是一个关于爱情和守护的小故事，《人间何所以》讨论自由和生活，《罗赛的春天》充满高原浪漫，《空茧》是一场幻觉苦难，最后的《原谅团》用《故事会》一般的笔法讲了一个专门帮人调解的奇怪组合。

这些单篇，有的充满力量，有的充满忧伤，有的情节急骤，有的则只有情绪表达。有人问我，作为一本小说集子，收录的作品风格和主题不应该一致吗？

为什么？如果风格都一致，为什么不继续写长篇？我知道，没有这样的规定。

这个世界从来只因多姿多彩而丰富，从没听闻因为整齐划一而圆满。

形成主题不一的局面，还有一个原因在于这八篇小说的成文时间跨度较长，横跨了我三十“高龄”这个人生阶段。人的三十岁是个分水岭，三十岁前，快乐没心没肺，却为赋新词强说愁；三十岁后，经历生活波折，内心苦楚自知，却要劝君更尽一杯酒。

形成风格各异的问题，我说实话，答案只在本序的标题之中——有时候喝了，有时候没喝。

本集子里的很多单篇，并不是纯文学篇目，而是与影视创作有所关联。

《金钱堡垒》自不必说，是2022年杀青的一部院线电影，由彭发导演，王千源、冯绍峰、王丽坤、张俪、梅尼耶、鞠婧祎等人主演。这些新老朋友当时齐聚成都，在拍摄时遭遇突发情况，我们有了很多交流的机会。通过主创的努力，电影呈现出了高于小说的艺术水准。如果把这本集子比作一顿饭，那这篇当是主菜。

《罗赛的春天》的创作灵感，源起当年拍摄《昆仑神宫》（该剧由潘粤明、张雨绮等人主演）时。在高原雪山之上，蔡导和一众主创冻得直哆嗦，遍寻单一麦芽威士忌而不得。制片人玖哥和我们在一顿成都串串之后，决定驱车前往高原支援。去稻城谈恋爱有点老了，去达古冰川千里送酒才是铁脑袋。所以，这篇可以算作这顿饭的热菜之一。

《她与洪流》则是我下部即将开机的大戏。创作这篇小说的时候，培科导演和义兄涂润陪我去了一趟峨眉山报国寺。在那个夜凉如水的秋夜，我们三人在峨眉山脚下光顾路边烟火，遇见了白如雪、当街拎刀宰羊的老板娘，她一见我三人明显有着读书人气质，便送上了三瓶“沈阳老雪花”……第二天头痛欲裂，像是被佛陀当头棒喝。它放在最前面，自然是前菜了。

《白夜星辰》是我“宿敌”系列的重要篇章，“宿敌”系列的另一部作品由廖凡、朱珠主演，奇道导演，刁亦男监制，挺受关注的。在影视行业待了这么久，我知道有个重要的仪式叫“开机宴”。好巧不巧，这戏开机宴的当天，湖南陈新文、天津汪惠仁、徐福伟等师友大驾光临成都，又是一顿大酒，不光误了我的开机宴，还差点连开机都误了。这在小圈子里成了佳话，这应该是一道硬菜。

至于《无边无际》《原谅团》两篇，也进入了影视化的流程，可作为餐后菜点。

目前没有影视“婆家”的是《人间何所以》与《空茧》，这两篇充满了浓烈的情绪表达，轻情节而重意向，轻文字而重表达，如微醺之感。正好是这顿饭里的薄酒，嗯，对，从你的全世界喝过。

这部集子的创作横跨了我人生的两个重要阶段，前一个阶段是 2023 年 3 月以前，我和各路导演一头扎进剧作里，天天教士、福佳、罗斯福，以为创作就是我的一切；后一个阶段是 2023 年 3 月后，一场突如其来的变故将我打得崩溃，一蹶不振，我开始重新思考人生的意义。在兄弟们的帮助下，我慢慢恢复写作，我意识到创作不是我的一切，但它是我得以应对苦难、磨难、灾难的底气。

前阵子，贵州好友李晁兄弟来访，这位比肩韩寒的 80 后杰出作家与我深谈，“我们为什么要写作?”最后在一场贵州特产的发酵之下，大家抱头痛哭，还记录个啥，人生真挺难，能从全世界喝过就喝过吧。

2023 年 10 月的天府书展上，我发布新书《隐蔽的世界》，好友廖凡、奇道、石文中为我助阵，签售的稿酬都捐赠给了儿童罕见病公益事业，这本集子也参照这个执行。我书写不是为了表达什么，只是为了记录这一路走来的无常，只是为了给自己鼓劲去面对黑夜。只要还有一位读者阅读，我就会坚持下去。这是创作和出版的意义。

序的结尾，我想起了一位喜欢的歌手，他的嗓音充满故事，当真当得起“从你的全世界喝过”这句话。他唱：人生没有白走的路，每一步都算数。

如果非要给这八篇小说找个统一的主题，那就是：爱终将战胜一切。

举着火把，穿行洞穴，我会胜利的。

谢谢大家支持我的电影和剧，支持我的小说。

赖继

2023 年 11 月 12 日 于狮子山

目录

她与洪流

1.

搬离父母家的第二天，孟杨全身被自由的感觉笼罩。她推开窗户，扑进房间的初升旭日如同一道暖流，酥酥麻麻地流过她清丽的脸庞，流到脖子、锁骨、胸部、小腹，然后扩散到纤细的四肢。

被清晨阳光唤醒的感觉真是太美了。虽说租的房子只有五十平方米，是个小套一，可她的心情却像是离笼的鸟雀。看着窗外二环高架上川流不息的车流和不远处的商业中心，她意识到，自己想要的生活终于开始了。

但她不知道的是，这次搬家，将彻底改变她的一生。

为了庆祝这来之不易的自由，昨天晚上，她和闺蜜兼同事罗小琴小酌了两杯。她知道自己的酒量是一杯倒，所以从来没有在别人面前多饮，不过罗小琴是个例外。回家的路上，她从摊贩那里买了一个克莱因壶样式的水晶瓶，打算放在新家玄关当装饰摆件。

孟家原本是农户，由于城市扩张规划，宅基地被占，迁到了区县安置小区。现在她租住的地方离公司不远，节省下来的通勤时间，可以好好享受城市的咖啡、街道、灯光、时尚，她终于成为彻头彻尾的城里人了。今天是工作日，她放肆地多睡了一会儿，不用再一大早天不亮从区县挤城际轨道来上班了。城际城际，说白了，就是没把你当成同一个城市。

她拿起枕边的手机，发现错过了男朋友张克的两个来电，张克留言说了句粗话：快下楼，老子到了。

张克很有个性，染着黄头发，爱好皮衣和机车，整一个朋克风。孟杨根本不敢把张克介绍给父母，怕刺激到二老。为何乖乖女孟杨会和张克处对象，这问题让身边人百思不得其解。难道表面越乖顺，内心越叛逆？

孟杨不知道自己内心深处是不是住着一个叛逆的自己，但她真的很想独立生活，而不是一直待在家里，成为弟弟的附庸。因为这种成长经历，孟杨和有些野性的张克交往，这让她从小被束缚的世界好像有了一些放纵和自由。她曾在大学图书馆里读过一本西班牙剧作家的书，里面一句话深深击中了她："放纵和自由，是人类灵魂最深的渴望。"

怕加班晚归，影响弟弟学习……要不是弟弟即将高考，她真不知道该以什么借口说服父母，允许她独自进城租房。家里什么事都围着弟弟转，也只有把弟弟当作借口，才可能说服父母。在此之前，她根本不敢开口。大学毕业快两年了，她很幸运地找到了一份体面的工作，可是每个月的薪水都要上交给家里。

凭什么？闺蜜兼同事罗小琴为孟杨鸣不平。

因为我是姐姐。

这叫什么理由，这不是道德绑架吗？罗小琴更来气了。孟杨！你是不懂抗争的绵羊啊！

孟杨收拾好简单的妆容，穿上白色衬衫和浅蓝色牛仔裤，再贪恋一下窗外的阳光，便快步下楼了。

张克和他那台威猛的大排量摩托车已经在楼下等候多时。庆祝孟杨获得自由，张克自告奋勇来送她上班。

张克穿着摩托车服，浑身散发出桀骜不驯的气场，引得往来路人侧目，甚至还有女孩儿回头打量。

张克，你急什么，这还早！骑车五分钟就到了。孟杨走了出来。

张克依然用冷酷来回应孟杨的话。当孟杨走近时，他低声说了句夙话：我能不急吗？一会儿交警出来，我这车就不能上路了！

城区禁摩已经两年，众多“摩友”纷纷难逃法网，唯独张克尚未被处罚过。他既扬扬得意，又小心翼翼。

给，爱心头盔。张克递给孟杨一个头盔，孟杨接过一看，头盔里装着一盒牛奶，她摸了摸，还是热的。

摩托车开动，像游鱼般，穿梭在密密麻麻的车流里。转过高高的跨线桥，城市的早高峰像洪流一样涌现，充满着压迫感和阻力，让人喘不过气来，像是要把机车上的两人吞没。

这种迎面而来的压力感让张克血脉贲张，他驱车呼啸着，叛逆劲儿翻滚着，拼命加速。孟杨紧紧抱着他，像是洪流中一片蜷缩的落叶。她用力拍打他：慢点慢点！别飙车！排气管声音很大，张克根本听不见孟杨说了什么。

孟杨皱起眉，居然放纵自己吐出一句粗话：妈的，太危险了，禁摩确实是应该的！

2.

张克坚持送孟杨上班，多少有些宣示主权的意思。孟杨供职的这家传媒公司小有名气，老板岳群是行业里的新锐领军人物，三十出头混得风生水起，为人还谦逊，彬彬有礼，据说追求者众多。

孟杨大学时念的是传媒专业，她反感有人把罗小琴称为“网红”，她觉得这个词有些贬损自己的闺蜜。罗小琴本人却不这么认为，她喜欢浓妆艳抹后出现在屏幕里，偶尔还会用一点发嗲的声音调节气氛。

网红怎么了？我觉得挺好的。罗小琴卖力直播，给团队带来了巨大的流量，当然，这背后离不开孟杨的节目策划。她和罗小琴在一个工作组里，她负责后台文案，罗小琴负责主持一档直播节目。

新的一天开始了，孟杨在更衣室里换好工装。穿上衣的时候她觉得新发的工装有些过于性感……不，是过于紧，不光上身有些勒，下身包裙更紧，让她怀疑自己是不是长胖了。但她顾不上多想，今天要完成六个文案，其中一个是帮罗小琴做策划稿。

她抱着一沓稿子，快步走过明亮的过道。落地玻璃窗外是明媚都市，不远处是中心广场的大屏幕，屏幕里播放着触手可及的烟火生活。

工位两边的同事热情地给孟杨打招呼，询问她是否吃过早饭。年长一些的同事对孟杨的爱护之情颇醇厚，邻家女孩般的气质和性格让孟杨获得了不错的人缘，相比之下，罗小琴就不那么招人喜欢了，太美艳出挑的女孩子总是容易招人嫉妒。

过道转角处，西装革履的老板岳群突然出现，撞得孟杨一个趔趄。稿子落一地，孟杨慌忙矮身去捡，工装包裙在此刻显得特别不便。岳群也迅速低身，当他的手碰到孟杨的手时，孟杨像触电般抽回了手：不好意思，岳总。

岳群不以为忤，把地上的稿子都拾起，一张一张翻看：不错不错，怪不得罗小琴的节目越做越好。这突如其来的夸奖让孟杨有点不好意思。岳群露出谦和的微笑：刚刚是我不好意思才对，我走路有时候不喜欢带上脑子。他歪头指了指自己的脑袋，惹得孟杨不禁一笑。这位年轻有为的传媒大亨永远保持着男人最讨人喜欢的两个特质：优雅、幽默。

罗小琴在过道那头喊：岳总，开会时间到了。岳群向孟杨报以微笑，然后转身走向罗小琴。罗小琴看着岳群和孟杨，神色复杂，直到岳群走到她面前，她才换了一副面孔。最近表现不错，找时间聚个餐，我代表公司表示祝贺。岳群拉了拉她的胳膊，低声说，务必请上你的，搭档。话语的停顿，巧妙地表达出一种暧昧的感觉。

很快，聚会在几天后得以实现。在岳群经常光顾的私密餐吧里，他宴请了罗小琴和孟杨。孟杨是被罗小琴缠着去的，她不太喜欢应酬，可是架不住罗小琴软磨硬泡。餐吧的环境很浪漫，岳群让人开了一支红酒，从侍者的态度来看，料知价格不菲。红酒倒入样式独特的醒酒器，散发出阵阵清香，这酒具像极了孟杨家里的那个水晶瓶。

岳群优雅且绅士地表达了对罗小琴及孟杨的感谢，感谢她们为公司做出的贡献。他毫不顾忌罗小琴的感受，直截了当地盛赞说，公司需要一百个孟杨。这让孟杨惊愕不已，也让她有些飘飘然。罗小琴中途离场，出去接电话，谁都看得出她的不悦。

罗小琴离场后，孟杨顿感百般尴尬。优雅的岳群讲了两个笑话，成功缓解了孟杨的尴尬，在岳群的劝说下，孟杨喝掉了杯子里浅浅的红酒。她感觉自己有点晕。罗小琴怎么还不回来？她问岳群。这是她清醒时记得的最后一句话。

旭日东升，阳光像锐器般从窗户外刺了进来，刺着孟杨的小腿，刺向她的大腿，然后游走在她被酒店白色床品遮盖的躯体上。她感到一阵剧痛，全身像散架般疼。

灼目的阳光唤醒了昏沉的大脑，孟杨挣扎着坐起，发现自己独自身处一间陌生的酒店房间。床铺像沼泽一样柔软，让她深陷其中，她想要爬出沼泽，却感到纤细的四肢全然无力。蓦地，一种巨大的恐惧感像洪流一样，将她淹没，让她彻底窒息。她意识到，一件不幸的事，发生在了自己身上。

孟杨慌乱极了，她走在街上，感觉自己头很沉。这绝对不是普通的醉酒效果。她咬着牙，忍着小腿的酸胀和无力，走到马路边上，招来一辆出租车，然后凭着记忆，让出租车司机载自己到昨天晚上饮酒的餐吧。

至于为什么要去那儿，孟杨自己也说不清，她脑子很乱。男朋友张克打来两个电话，她不知道接了该怎么说，在大脑平复下来之前，她不知该如何向脾气暴躁的张克解释清楚。

在车上的时候，她给罗小琴发送了信息，这是她唯一能想到的可以求助的人。出租车很快抵达了目的地，她找到了当时的包厢，找到了当时的侍者，她要求看看昨晚她饮酒用的红酒杯。侍者认出了她：这位女士，您昨天晚上饮酒过量，是您的男朋友搀着您回去的。

谁？他不是我男朋友！孟杨几乎喊了出来。包厢里的陈设都没有动，唯有酒杯、酒具换成了新的。昨天的酒杯呢？侍者摇着头说：昨晚您打碎了一个杯子，所以今天我们都换成了新的。

打碎了杯子？那碎片呢？

打碎的杯子，自然扔掉了。侍者保持着礼貌和优雅。孟杨感觉像是被人打了一棍，脑袋嗡嗡作响。

她失魂落魄地走了出来。该怎么办？要不要报警？赶来餐吧的罗小琴扶起了孟杨，关键时候，还是闺蜜能扛事。这个王八蛋，我们找他去！

下药？孟杨你想多了，我自己都喝醉了呢。你情我愿，大家都是成年人。岳群耸耸肩，依然保持着优雅，这种优雅简直让孟杨和罗小琴觉得她们是在无理取闹。

岳群掐灭烟，从老板椅移步到了会客沙发上，放低姿态看着面前站立的两个女孩儿。他说：酒后失态，如果可以补偿，我愿意接受任何条件，升职、加薪什么的都可以，我保证不会再有下次。

收起你的伪装！罗小琴说，我们不吃这套。

哦，是吗？岳群问，那该怎么办？这话岳群反过来问她们，让她们有点招架不住。岳群优雅地站起身，目光像扫描仪一样把面前的女子从上到下扫了一遍。看穿了她的怯懦，他有恃无恐。你们想得太简单了，如果闹大了，所有人都会说是你勾引我的。

3.

城市的午间很安静，酷热的空气里弥漫着一股汽油味儿。罗小琴扶着孟杨坐在公园的长椅上，两人一时不知道该说什么。

我要告他！孟杨终于开口了，他一定不是初犯！

罗小琴愕然：你确定要这么做？

为什么不？孟杨有点恼怒，罗小琴的态度转变得太快了些。

因为找这份工作不容易，因为他有话语权，因为他采取了措施，而你没有证据，因为……因为你弟弟要高考了，闹大了，岳群会毁了他。她每说一个“因为”，孟杨的脸色就白一分。这么多原因，孟杨最后自然说不出话了。

她身后的树叶夹着阳光变成了影子，把她清丽的脸庞笼罩得很黑。张克的电话来得很及时，打破了闺蜜二人这片刻的尴尬。孟杨不知道该如何接这个电话，罗小琴看着孟杨，也不知是心领神会还是自告奋勇，她一把将手机抓了过去，替孟杨圆谎。喂，张克，你找孟杨啊？她在我这儿，这会儿刚刚起床。对，昨天晚上一直和我在一起，我们昨天晚上有个熬夜直播，播完就在我工作室睡了。大老爷们儿别这样，两个人在一起，最重要的是信任……一个谎言既已出口，孟杨自己也没有办法。但她不知道的是，一个谎言说出口，就要用无数谎言来圆。

孟杨努力想要恢复正常的生活，张克依然会陪她看电影、逛街，只是她开始抗拒和张克亲热，她觉得心里不舒服，找各种理由来推托。漆黑的电影院里，银幕的光让她感到恐惧，她说自己不喜欢幽闭的环境，于是张克提议：咱们骑摩托车出去旅行！他们去的地方都很漂亮，做的事都很好玩，但孟杨始终状态不对，她会望着雪山愣愣出神。直到有一天，她切菜切到手指，才发现原来有些事不是说抛开就能抛开的。

孟杨和张克决裂是早晚的事，只是她没想到这天来得这么快。一个月后的某一天，张克来接孟杨下班，他到得早了一些，便想进公司参观一下。他没有发觉周围人看他的异样眼光，却发现了一件奇怪的事儿。张克给罗小琴打了个电话：小琴，你上个月五号是不是和孟杨播了一晚？电话那头的罗小琴说：是呀，怎么了张克？张克不说话，他全身都在抖，他站在罗小琴工作室的公告牌前，视线挪到孟杨“失联”的日期，公告牌上显示，罗小琴那天晚上根本没有播。公司的人群像流水一样涌了过来，将张克淹没，在洪水中间他发现了孟杨。孟杨有些慌张无措地看着他：走，回去说。张克用力甩开孟杨的手，像是在洪水中挥臂游动，孟杨被甩得一个踉跄，摔倒在地。他转过身，急欲走，他听见孟杨喊他：你听我解释！

下一秒，他重重撞上了迎面而来的岳群。岳群看着张克和摔倒的孟杨：这是哪里来的小毛头，在我的地盘上撒野？

这些日子，岳群倒是自觉，不再主动到孟杨部门转悠，他也信守承诺，给罗小琴团队更多资源。他会在员工大会上瞟向角落里的孟杨，孟杨总是低着头，低着头开会，低着头走路，低着头办公，仿佛做错事的是她，仿佛心里有鬼的她。她内心愧疚，要是那天晚上自己不喝那么多酒就好了，真希望世上有个擦除机，能彻底把那晚的事翻篇。

张克还是和岳群正面相见了。岳群走了过去：你，哪儿来的？一改往日的优雅。话语的停顿，表达出威严和气势。这种气场来自长年的商海博弈和心狠手辣，朋克张狂的张克哪里是对手，他被镇得像挨了老师批评的顽童。张克有些急：我是，我是……他本来想说"我是孟杨男朋友"，可不知道为什么，他就是说不出口。孟杨感觉自己眼泪都要掉下来了，她其实很希望张克能保护自己，张克却被岳群的气势狠狠压制，连承认两人的关系都不敢。于是，在众目睽睽之下，一个落荒而逃，一个失望透顶。岳群上前递给孟杨一包纸巾，孟杨这才发现自己落泪了，她用力推开岳群的手：你走开！

这场争吵延续到了孟杨租的房子里，张克愤怒地砸东西，像许多懦弱的男人一样，把脾气发给不能还手的对象。为什么要骗我，你是不是和他有那个什么？孟杨坦诚了真相：是，我被他强奸了，你敢不敢去找他？张克说：分手吧。他出门时补了一句，像给自己做个注解：我可不是尿了怕他，我就是不捡破烂货。孟杨顺手抓起克莱因壶造型的水晶瓶，狠狠砸在地上，晶莹的玻璃碴儿四溅，她大喊了一句：王八蛋！

第一时间赶到“打砸现场”的仍然是闺蜜罗小琴。眼泪哭干的孟杨抬起头，问她：那天晚上你是不是故意的？罗小琴愣住了，孟杨是怎么发现的？她从哪儿发现的？孟杨说：从你和岳群的暧昧里看出来的！罗小琴想去抱抱孟杨：对不起对不起，他只是让我先出去，说有话单独和你讲。孟杨气笑了，她只是单纯，并不是傻啊！

撕破脸了，罗小琴演不下去了，坏人也有自己的逻辑，她大声说：凭什么你出淤泥而不染？凭什么这个世界上所有的好事都围绕你，丑恶都让路，凭什么我运气不好？从小到大都是这样，我才是倒霉的那个。药不是我下的，不是我强奸的你，也不是我坑的你，你凭什么会觉得所有人是好人？

两次争吵抽走了孟杨的全部魂魄，她如行尸走肉般走在大街上。她打电话给父母，刚刚启齿就被父亲打断：这种事你自己处理，别影响你弟高考。这一瞬间，孟杨觉得天塌地陷。

城市的夜晚开始退凉，热闹退去后的小街有点冷清，和远处繁华商圈形成鲜明对比。白玉兰路灯点亮，她的影子被拉长。路面上翻飞着一个包装袋，袋子上印着某个轻奢品牌的logo，孟杨蹲下身来，看着包装袋，愣愣出神：这就是城市里的生活？

那晚，她一个人在街上游荡，走得双脚彻底无力，走得像是到了世界尽头般荒凉而悲决。街边的小店播放着她最喜欢的歌手的新歌，《这世界那么多人》，电台里的嗓音是她整个大学的青春之所在。天空下起雨来，她全无察觉，任雨水冲洗自己的头发、自己的身躯，希望能借着雨水把自己的残破和不堪通通洗脱，流入城市的地下排水，彻底冲走。

她终于在一处律师事务所前停下了脚步，律师事务所里仍有零星的灯光。这么晚还在加班的人，很辛苦吧。她犹豫着要不要去寻求帮助。自从她摔碎那个克莱因壶造型的水晶瓶，她的内心就像是被唤醒了什么。她从小乖顺和善，可是这绝不代表她对一切逆来顺受。

她推开律师事务所的门，里面加班的年轻男子正在为明天的庭审打印资料。他抬起头，看见满身雨水的孟杨。你好，我叫郑涛，我是律师……助理，有什么能帮你的？他背对着打印机旁的落地灯，灯光将他的轮廓勾勒得很是温柔。

郑涛就像是黑夜里的一束光，把晦暗都点亮。一杯斯里兰卡红茶，把贴身的潮湿驱散。郑涛看了看孟杨身上湿到贴身的衣服，他猛然察觉到失礼，于是用遥控器把空调调到了制热模式。他看了看窗外的街灯，这么晚接待法律咨询，还是头一回，特别是来访者是一位年轻貌美的女性，她在淋过大雨之后显得颓废而可怜，湿漉的发尖弥漫着诱人的味道。

在这个安静的夜晚，孟杨诉说了自己的心声，除了她的遭遇，还有她的成长，她的恋爱，她的家庭……有时候，人们会对陌生人平和倾诉、敞开心扉，却对亲密的人言辞决绝、咄咄逼人。眼前的郑涛，刚刚褪去了大学里的青涩，却又保持着年轻人的正义感和冲劲。他一身合体的衬衫，头发修剪得很精神，给人一种值得信赖的感觉。孟杨诉说完遭遇后，郑涛意识到问题的严重性：下药，强奸，这可是刑事犯罪！女士，您当时报警了吗？做身体检查了吗？如果怀疑被下药，做血液检查了吗？如果做了血液检查，就能得到血液里的药物分析……等等，现在说这些好像都没用，他突然意识到，如果这些都做得完满，孟杨就不会坐在他的对面寻求帮助了。

没有证据了，这是一个非常可怕的问题。已经过去了这么久，该怎么帮助孟杨呢？

4.

多年以后，郑涛回忆起当初认识孟杨的那个晚上，他依然会觉得人与人之间的缘分很奇妙。他承认自己对孟杨有一些心疼和保护欲，他察觉到这个女孩儿心中的力量，温柔而锋利。如果他涉世再深一点，他或许就因为世态炎凉而麻木了，但刚刚好不早不晚，他保持着当初的赤子之心，想要守护正义，他听完了一位美丽女性的前半场人生，决定帮助对方。这或许已经超出了律师的职业本能。他耸耸肩，谁叫颜值就是正义呢？

郑涛认为，孟杨的判断没错，岳群是老手，绝非初犯，利用职场的不对等地位，对女性实施骚扰、暴力并压制她们发声。

孟杨问：是不是我找到证据，就能扳倒他？

郑涛说：是，找到证据，就能扳倒他。那我得回去找证据！孟杨决意要死磕到底，她在公司里听说过很多传闻，一定还有其他受害者。郑涛眉头微微一皱：你的意思是，还要回去……上班？

孟杨说：你刚刚不是说了吗？

我说什么了？郑涛有点愕然，他可没说让孟杨回到虎穴去，一想到孟杨要再度靠近岳群，他心里就硌硬。

孟杨绾起已经快干的头发，一双星辰般的眼睛目光灼灼：郑涛律师，是你说的，找到证据，就能扳倒他。

太阳照常升起，高架桥上依然车流熙攘，时间继续向前，好像什么都没有发生。孟杨如常般回到了工作岗位，她和罗小琴之间已经有了貌合神离的裂痕，可是还得继续配合把节目做好。

孟杨依然努力工作，但她变得比以往开朗，她和同事们有更多闲聊的时间，他们聊八卦和绯闻，会在办公室里嘻嘻哈哈。只有郑涛知道孟杨的用意，她是在排查谁可能被老板岳群“看上眼”或者“猎取”过。

职场上的小女生间有些闲聊并不是什么特别的事，可是以孟杨单纯又拙劣的卧底技术，岳群很快就听到了风声，他不禁有些疑惑，孟杨在打听什么？这女人要干什么？他让罗小琴盯紧她，罗小琴说有什么好怕的，她就是只不懂反抗的绵羊。

每天下班后，孟杨会跑到郑涛的律师事务所，他俩会逐一分析，哪些传闻有价值，哪些线索能深挖。皇天不负有心人，孟杨终于锁定了三名疑似被岳群侵犯过的女性，分别是制作部女职员谢娟、办公文秘黄婷婷和服务供应商女老板唐芝。下一步就是说服她们站出来。孟杨开始接近她们，试图说服她们，可是她碰了钉子，谢娟和黄婷婷不想站出来，或是怕丢掉工作，或是不想让未婚夫知道。

岳群的眼线也发现了孟杨在单独约见谢娟和黄婷婷，他立刻意识到了孟杨想干什么，他叫来人力资源部经理，一天后，孟杨被开除。

孟杨抱着大大的纸箱子，里面装满了她的办公用品，从公司走出来。此刻她心中没有半点委屈，她只有斗争到底的决心，郑涛的车在不远处等她，这是她最坚实的盟友。

对于孟杨来说，是否离开公司并不重要，她还有一线希望，那就是找到供应商女老板唐芝。唐芝只是和公司有业务合作，是岳群公司的乙方，人身属性没那么强。

当郑涛和孟杨一同找到唐芝的时候，她却极力否认自己和岳群有不悦的事。孟杨哭了：求求你们都站出来吧，沉默会让更多女孩儿受到伤害，他是惯犯！

对不起，我真的不知道你说的那些事。唐芝神色凝重，她要考虑自己的家庭，考虑丈夫的感受，她的公司目前面临危机，而岳群是她的大客户之一，她不得不考虑自己和员工的温饱。唐芝是个知性的女强人，她只想让所有事翻篇。孟杨和郑涛离开时，她拉住了孟杨，说如果缺钱，她可以帮忙。孟杨苦笑着，说了声谢谢。

孟杨沮丧极了，她在痛定思痛的一个午夜过后做出了决定：如果大家都不愿意站出来，那就由我来和岳群开撕吧。

孟杨在主播圈的一个论坛里发出帖子，痛陈自己的遭遇，她在网上求助，征集受害者和证据。求求你们都站出来吧！帖子发出之后，一场讨伐职场性骚扰的风暴席卷网络。

孟杨的手机炸了，关心和询问的信息铺天盖地而来。郑涛惊呆了：你怎么可以这么做呢？孟杨说：我没有别的办法，难道你有？

面对复杂的网络言论，她不得不把手机交给郑涛，她难以应付，不知道该如何面对，此刻她能信任的，只有郑涛律师。

这不是她想要的。孟杨紧张地看着电脑屏幕，茫然地等待结果。受害的女孩儿们并非无动于衷，她们也在紧张地盯着网络上的结果。勇敢的姑娘……严惩恶徒……反对职场性骚扰……网络上支持孟杨的声音越来越多，孟杨受到了极大的鼓舞。一条内容为“沉默等于纵容”的留言被顶了上来，获得十万点赞。谢娟和黄婷婷也看到了，她们阅读了孟杨帖子下面的每一条留言，里面透露出的女性力量深深触动灵魂，她们终于决定站出来。

孟杨和郑涛在律师事务所等待着，终于，在一个阳光明媚的下午，女孩儿们齐聚律所。人数比孟杨想象的要多。姐妹联盟成立，开始寻找证据，商量如何扳倒岳群。

和洪水猛兽为敌，却非易事。这么大的动静，岳群自然也觉察到了，他原本想置之不理，不理过阵子就冷了，互联网的热点每天都很多，更新频率快，大家热闹一下很快就忘记了。

不过这次的热度却超出了岳群的预料，孟杨的帖子里没有指名道姓，可是网友们很快就挖到了他那里。

岳群的办公室在大厦之巅，他站在落地玻璃窗前俯视，地面上忙碌的人都如蝼蚁。他让人开了一支金酒，不紧不慢地享受着味蕾的刺激。区区萤火，想与日月较量，真是不知道天高地厚。

他的助理问：岳总，我们要不要做点什么？岳群笑了：做点什么？我们就是搞媒体的，什么风浪没见过？安排一组人去稀释一下评论，引导一下方向，等差不多了发个律师声明表明我们公司的态度，身正不怕影子斜……然后再反过来制造点杂音，质疑这些女孩儿动机不纯，是要挟，是财迷心窍……记住，互联网的记忆只有八秒，我们公关的“三板斧”都用上，很快就消停了！岳群滔滔不绝，助理频频点头，其情状似大内太监，其语气极其“狗腿”：岳总不愧是互联网营销的鼻祖，这可堪比一部舆情公关教科书哪！

助理临走时，岳群又叫住了他：处理舆情事件，最重要的不是盯着网上，而是解决网下。去找找那个姐妹联盟的家人和朋友，不论威胁还是利诱，先瓦解她们的联盟。

网络上的言论开始倒戈，有的质疑女孩儿们的动机，有的质疑她们为什么不第一时间报案，有的还找出了女孩儿们的照片，看，穿这么漂亮，还化妆！肯定是自己先勾引老板！想上位，想讹钱！在某些“键盘侠”的脑回路里，穿得漂亮和化妆就是罪。

面对网络上的恶意，女孩儿们如站立洪流之礁石，既挡不住洪流，又无法多做支撑，退不得退，进不得进，随时会被恶浪击倒，坠入渊中。所幸的是，巨大的洪流终于让孟杨的父母和弟弟清醒，他们开始支持孟杨。尤其是弟弟，他并不认同父母过去的做法，这让孟杨有了些底气和安慰。

孟杨一遍又一遍地劝说女老板唐芝，始终没有放弃。唐芝看着勇敢又无助的姑娘们，终于愿意站出来。她拿出了一直藏着的证据：我有一段岳群的录音以及聊天记录，他威胁我……

唐芝问郑涛：有了这个，是不是可以向警方控告岳群？

当然！随着郑涛的肯定回答，女孩儿们一阵欢呼。只要警方立案，总有办法查出真相，一定可以将坏人绳之以法。

走，我们去报案！女孩儿们和唐芝约好，第二天一早就去派出所。

终于有实质进展了，郑涛长长舒了一口气。孟杨可真是个有力量的女孩儿，她善良纯朴，内心勇敢。为了庆祝找到证据，郑涛鼓起勇气约孟杨一起吃晚饭。孟杨说：等明天再说吧。郑涛问：那我是不是可以送你回去？孟杨笑了：不用了，你这么好看，会被“键盘侠”说成是我不检点的证据的。

孟杨独自一人回到公寓，门口站着一男一女两名警察。她心里有些激动，警察这么快就来了，唐老板的动作真快，不是说好明天去报警吗？一定是警方看到了网上的各种信息，主动来追查事情的真相，岳群的惩罚到了。

请问，你是孟杨吗？女警问。她的声音很好听，充满了关切和善意。孟杨急忙点头：是的，是我，您需要了解岳群的什么信息，我都知道……她有些按捺不住自己的激动，一想到这些日子她和女孩儿们受到的伤害和屈辱，她就恨不得立刻把坏人扔进监狱。

女警问：张克你认识吗？

什么什么？不是问岳群，是问张克，张克怎么了？

他是你的男朋友，对吗？

对，前男友。孟杨感觉自己有些泄气。

哦，是前男友。女警示意身后的年轻男警打开肩上的执法记录仪，说：张克嗑药的事你知道？

我不知道，我们已经分手了，是分手后的事儿吧？孟杨感觉自己如遭雷轰，张克这懦夫真是出息了，竟然还嗑药？

不，他和一帮“机车党”聚众吸毒有很长一段时间了，据我们了解应该是在你们分手前，所以需要向你了解一下情况。

他还检测出感染了 HIV（人类免疫缺陷病毒）……出于对你的保护，你最好也去检测一下……

女警好听的声音如在天际，公寓楼狭窄的过道开始扭曲，孟杨只觉得天旋地转。

5.

“机车党”聚众吸毒染病的消息在网络上不胫而走，很快关联到了张克的前女友，还有网友爆出孟杨去医院检查并确诊，说得有鼻子有眼。这个留言者的网络昵称叫作“目击者”。

“目击者”的“目击”掀起了轩然大波，各种恶意言论接踵而至，只要足够阴阳怪气，只要表达一些另类的不友好观点，就能在网络上获得许多支持。不需要带上脑子，也不需要任何逻辑、理由，反正隔着屏幕不用负责，个个都站在道德制高点：孟杨是个坏女孩，她有一个吸毒的男朋友，她生活不检点，勾引老板，想要讹钱，而岳群是无辜的，也是无害的。

看着手机上各种“道德高见”，岳群自己都忍不住笑了。连 HIV 都炮制出来了，这届网友真厉害，只要带一带，就能自己放大，网友们真乖。照这个逻辑，合着人要是真有病，强奸还不用负责任？反正是女方不检点嘛。

孟杨第二天没有和唐芝她们去派出所，她去了医院，不过她敢肯定自己没有被人看见，网络上流传的照片连医院都不对。医院告诉她，从她最后一次和张克发生关系的三个月都是窗口期，只有在三个月之后检查，结果才是确定的。

孟杨在一番内心挣扎后决定向姐妹们坦白。张克染病是真的，自己去医院检查也是真的。屋内突然安静下来，女孩儿们用了几分钟消化这个猝不及防的消息。黄婷婷的手都在抖，她问了一个关键问题：岳群会被你染上吗？

郑涛问：这个问题重要吗？

谢娟说：岳群要是被染上了，那在你们那个之后的受害人是不是也……

孟杨气得手抖：什么叫我们那个之后？我难道不是受害者吗？就算我有病，难道强奸的行为就可以被接受吗？他们凭什么进行审判？

屋内炸锅了，在一番七嘴八舌之后，姐妹们把矛头对准了孟杨。女孩儿们担心自己被传染，她们对孟杨的指责甚至高过了对强奸犯的指责。最终在恐惧和争吵下，联盟告散，孟杨陷入孤立的境地。

孟杨有些打退堂鼓了，对她来说，她已经被网暴判了“死刑”。你怎么想？孟杨问郑涛。郑涛沉默了半天，他躲避孟杨的目光，开始手忙脚乱地掏裤兜里的烟。这事儿打得郑涛有点蒙，他比任何人都更难接受。郑涛内心深处已经对孟杨产生情愫，因此他比任何人更抵触张克和岳群的一切。

你也要逃？孟杨失望地说，看来男人都是一个样啊！你也要像张克一样落荒而逃。郑涛被点着了，男人的尊严成为引火的导线，他第一次这么大声对孟杨说话：我早就告诉过你，不能这样去揭批那个人！

我才是受害者，不对吗？我难道没有权利去揭发一个强奸犯？难道我染病了，这件事就成了我的问题？

郑涛提高了嗓门吵：法律和网络是两帮人！法律上你是受害者，可是网友不会听的，你不知道网暴有多可怕！

孟杨深吸了一口气，把情绪稳住，她拉开门：郑涛你走，我不需要你居高临下的帮助。

现代人都有一个劣根性，总是用最伤人的话去说亲近之人，而对萍水之交彬彬有礼。

孟杨和郑涛之间其实并没有分歧和隔阂，她和他争吵，她赶他走，其实她内心深处是不想这样大好的年轻人来蹚这趟浑水，受她拖累，她面对的是一个充满恶意的世界。在情绪控制下的谈论，只会有一个结局，那就是不欢而散。

孟杨看着郑涛摔门离去的背影，哭了起来，原来，郑涛对她来说，真的很重要。

追究岳群的案件也陷入沉寂，女孩儿们拒绝接受警方的做证询问，姐妹团散了，所有人都在怀疑自己是否会被传染。有两个女孩儿是在孟杨之后被强奸的。网络舆情已经发酵，风向失控，过去支持孟杨的网友开始扭转之前的言论，认为孟杨自身有问题。

即便是孟杨信任的女老板唐芝，上一次把孟杨从黑暗中拉出来的人，现在也不愿帮助她了。电话里，父母痛心疾首地骂孟杨：你怎么这么不检点！

孟杨开始服用阻断药。在警方面前，唐芝的说法改变了，她说那个聊天记录只是个玩笑，关键证据也不再拿出。对所有女孩儿来说，被强奸已经不是最痛苦的事情了，大家躲起来，保护好自己，不被网络暴力伤到，网络上的阴阳怪气会毁掉人的整个生活。

扬扬得意的岳群正在让手下的人继续在网上发帖，突然被告知，孟杨有可能被传染了疾病。盛怒和惊惧的双重作用下，岳群自曝舆论，渲染孟杨不检点，勾引自己，包装自己才是受害者，他甚至曝光了孟杨的一些照片。

万念俱灰的孟杨发了最后一则帖子，留下遗言自杀。当她的血流到地上时，她突然被那血吓了一跳。

我站在洪流之中，看颠倒浪涌，这世界怎么了？

6.

世界不会因为某个人的悲剧而停止转动，新的一天仍然会重启。所有发生过的网络暴力，除了受害者及当事人，大家都会像没事儿人一样，仿佛昨夜的恶言恶语根本无须担责，反正隔着屏幕，也不知道那端究竟是人是狗。

新的一天会有新的时间，城市依然在向前。忙碌的女主播罗小琴接到了公司的任务，要求她蹭一下热度去暗访孟杨。为什么是我去？罗小琴感觉有点蒙。办公室张主任说：我也不知道，岳总好像病了，是总裁助理吩咐的。总裁助理，就是那个将岳群的话奉为公关教科书的狗腿子。罗小琴叹了口气，这是要赶尽杀绝啊。

罗小琴联系曾经的闺蜜孟杨：我们很久没见了，见一面叙叙旧吧，之前有些误会，我想……还不待罗小琴说完，孟杨就同意了见面：好的，聊聊吧。电话那头的孟杨竟然表现得很平静，她经历过生死，这世间已经没有恐惧。她答应了罗小琴的邀约，她觉得这位曾经最好的闺蜜也很可怜。

二人约好了相见的地方，在当年大学时常聚的咖啡屋。孟杨特意化了个精神的妆，时间原来过得这么快，不知不觉已经毕业许多年。两个人一开始并没有聊那件事，反倒聊起了过去的生活。我记得当年你喜欢莫文蔚的歌。是的，我记得你也是。还记得吗？那天我们一起去看男生打篮球。那个时候的阳光真好啊。记忆中，孟杨你有点倔强，认准的事一定要磕到底。小琴你也是。可是岁月把我的棱角都磨平了。说着说着，罗小琴的眼圈红了，回忆就像一场不会重复的电影，当电影散场后，她将失去自己一生最好的朋友。

咖啡喝到见底，二人终于回到正题上来。罗小琴问：孟杨，你还要和岳群较劲吗？孟杨笑了笑：你刚刚不是说了吗？认准的事，我要磕到底，记得把这句话带给岳群，我要一个公道。你看看这话录清楚了没，要是没有，我可以对着录音笔说。

罗小琴有些愕然，在她的随身小包里，的确装着一个录音笔，她是奉命来搜料的，可是她怎么也不该忘记，孟杨过去是她的搭档，孟杨对这些道道，门儿清。

罗小琴临走时跟孟杨说了声对不起，她塞给孟杨一个U盘。这是什么？U盘里是我被岳群强奸的证据，罗小琴转身，说，其实我说错了，我才是那个不知道反抗的绵羊。

孟杨看着见底的咖啡杯，愣愣出神，直到郑涛的信息钻进手机。

郑涛说他这些天回到了当年读法律系的校园，他突然意识到，自己差一点就丢失了初心，他恍然大悟，孟杨是不想连累他。

孟杨脑子里浮现出这个阳光大男孩的笑容，仿佛他就坐在自己对面。手机播放着郑涛发来的语音：这可不行，我可不能当一个逃兵啊，和歪风邪气、违法犯罪做斗争，这不是法科生应该做的吗？我已经挨个向那些在背后推波助澜的网络账号发出了律师函，无论发生什么，我都会和你站在一起。

孟杨握紧了手上的 U 盘，她知道，自己不是一个人在战斗。

她想起了曾经在大学图书馆里看到的一首不知名的长短句：

你知道吗？

这样做，你将面对风暴。

不，我才是风暴。

三个月过去了，孟杨终于确认自己没有被传染。这三个月，真是度日如年，备受煎熬，没有切身体会过的人，根本就不会懂。她每天醒来，都希望噩梦快点结束，所幸上天眷顾这个可怜又善良的女孩儿，她没有因为张克的放纵而受累。

但网络上的纷争并没有结束，张克吸毒，所以孟杨吸毒，这样的狗屁键盘逻辑依然甚嚣尘上。而孟杨染病一事，似乎也成了定案，哪怕孟杨晒出了自己的检查报告，依旧没有平息质疑，网友认为报告是假的。孟杨的生活仍被网络暴力的洪流裹挟着，包括对她一切的检视、人肉搜索，甚至很多之前认识的人也加入了“爆料”。

罗小琴的那个U盘发挥了一锤定音的作用，岳群终于被逮捕，案件进入司法程序。孟杨决定起诉那些收了岳群钱的水军，经过郑涛的努力，他们终于锁定了证据，将网络水军绳之以法。

一切都归于平静，所有的事情都解决了，随着岳群案件的曝光，网络舆情也逐渐平息下来，仿佛什么都没发生过。

孟杨问郑涛：我还有一件事，你可以陪我去办吗？

郑涛问：是什么事？

你还记得当时爆料我染病的人吗？

郑涛说：我记得，他后面还不停地爆料，网络昵称好像叫什么“目击者”。

对，我想去见见他，我想找到这个人，当面问问他为什么要持续不断地黑我。

郑涛说：网上这种匿名的“键盘侠”很多啊，这人的IP地址在很远的一个北方城市。

这注定是一场荒诞之旅，随着他们抽丝剥茧找到那个“目击者”，去到了他所在的县城，才发现，那只是一个极其无聊的普通人，网络言论对于他来说，不过是事不关己凑热闹起哄而已。当他听到孟杨的真实遭遇，感到后悔不已。孟杨这时才发现，这对她的状态改变已然毫无意义。

那你为什么要来寻他？郑涛问。

车载音响里播放着好听的歌：这世界有那么多人，多幸运我有个我们。孟杨眨着眼：就当我约你一起二人旅行吧。

旅行回来后的孟杨和郑涛决定为反对网络暴力做些什么。听前公司的同事说，岳群在被带走之前可不是在生病，他是在一次全员大会上被揍了一顿，眼睛被打肿了一只，所以不敢出门见人。孟杨问：为什么？同事在电话那头笑得前仰后合：新来的 95 后小年轻们看不惯他装呗，道貌岸然的说教，谁受得了？还有那个大太监，也被赶走了。

孟杨听着同事聊八卦，突然有一种恍如隔世的感觉，仿佛那些事已经离自己很远很远了。另一家公司主动给孟杨递出了橄榄枝：孟老师您不是学传媒的吗？来我们这儿拍公益视频，做女性题材的节目吧。

获得新工作的孟杨发现自己变得更加勇敢，她也看到了网络上的理智与善良，越来越多的人关注网络暴力，越来越多的人抵制网络暴力。

某天清晨，她起床打开手机，看到一条消息：国家多部委联合拟出台反网络暴力的法律法规并发出公开征求意见稿。

她抬起头，又是新的一天，太阳升起，温暖人心。

金钱堡垒

11.

“亚当·斯密问过，对于拉动经济的三驾马车，我们当如何拽紧缰绳?”五十岁出头的经济讲师抹了一把地中海式的稀疏头发，他喉咙像破锣般，声音从城东青年公寓的角落房间传出窗外。亚当·斯密到底有没有这样问过，他自己清楚，纯属胡诌。

狭小的房间里挤满了学员，人头挨着人头，身子挨着身子，密密麻麻，麻麻密密。黑板上书写着各种可“盈利”的投资公式，房间里弥漫着贪婪和欲望的味道。学员有老有少，眼睛直直地盯着经济讲师的板书，仿佛黑板后面的墙里能挖出一桶金来。

以金融产业闻名的雾港市，夜色热闹，高楼栉比，霓虹闪烁嚣张，颇有后现代浮夸繁华的意味。一湾洋河水环抱这个时尚之都，倒似给了这地一丝冷静。

“如何才能稳赚不赔?”讲师口沫横飞，学员摇头晃脑，只听他说，“唯有内幕消息，才是拉动经济的财富密码，大家来这里闭关培训，就是为了抓住内幕消息!”

一身国产品牌运动装的郑义坐在人群中，听着讲师和其他学员近乎狂热的讨论，感觉有点蒙。郑义今年三十六岁，面容瘦削而刚毅，五官立体，油而不腻，不笑的时候有着中年人的苦大仇深，笑的时候又有些少年的顽劣。他混在课堂里已经有些时日了，闷得慌。他掏出手机，手机信号已经被屏蔽。他抬起头，听见讲师继续吹：“绝对内幕消息，这款产品回报率高，九个月的投资周期，公司为大家留了五千份!”学员们一下沸腾起来，眼里充满了期待。一名大学生模样的学员稍稍清醒，将手中的讲义一甩，激动地起身：“九个月，不行！我等不了！把我之前投的钱还我!”

讲师停了一停，试图缓和气氛，笑着说：“市场有市场的规律，我们要尊重市场、尊重规律，印钞厂印钱也需要时间，大家说对不对？你要是有意见，我们教室外边单聊，别影响大家发财，怎么样?”大学生明显不接受这番论调，眼见二人要从文斗变武斗，其他学员纷纷上前，劝的劝，拉的拉。

郑义觉着不耐烦，本想起身躲一躲，却把板凳脚碰出了刺耳的声音，众人目光转向了他。郑义有些尴尬，只好耸肩，回应俩字：“厕所。”

郑义警惕地向后观察了下有无尾随者，把厕所门关严，掏出备用手机，寻找信号。在他那部老式手机的屏幕上，一格信号和无信号正像猴子般跳来跳去，来回变换——看来已经走到屏蔽范围边缘了。郑义尝试拨出一通电话，可是信号闪断，也不知道这一声行动信号发没发出，他挠挠头，没辙，看样子是和指挥中心失联了。他走出厕所，复又听见过道里的争吵。大学生和讲师正在教室外的过道上单聊，教室里的嘈杂声仍在继续，保安守住了教室门口。

教室灯光透了出来，在地上剪出魑魅魍魉的影子，郑义猫在角落偷听。讲师说："年轻人，想赚钱就得有耐心，如果你觉得1.7%的回报率低了，那你可以介绍其他人一起投资啊，公司给你15%的介绍佣金。"学员情绪激动地抓住讲师的手臂："把骗我的钱还我，求你了！我保证出去不乱说。"讲师甩开他的手："我们是正规公司，手续齐全合法，你自愿签的投资合同，怎么就骗你钱了？白纸黑字，理财有风险，投资需谨慎，即便你亏得精光，那也是你自愿的！"

一束手电光猛地打在郑义的脸上。他抬起头，看见保安一副怒目金刚的模样，在冲他大声喊："你在干什么！"郑义心想，糟糕，暴露了。

从青年公寓向东是一条林荫道，两旁的梧桐树很是茂密，树影下掩蔽着一台警用指挥车。经侦大队副队长关洁此刻正全神贯注地敲动键盘，她操作电脑的动作有点慌，因为她联络的一名卧底警员失联了。种种迹象表明，警员应该是被困住了，犯罪集团使用了屏蔽器，手机信号也跟丢了。卧底警员失联是很危险的事，关洁虽身经百战，此刻也不禁背心冒汗。

蓦地，电脑屏幕上闪现一个红点，卧底警员到底是经验丰富，找到屏蔽器工作的间歇，拨出了一通短暂的电话。关洁松了一口气："终于追踪上了！"她起身抓起警服外套，出发！

郑义被几名保安架住，拖进了一个办公室模样的房间。讲师站在他面前，之前和他私聊的学员站在一边不知所措。讲师敲了敲面前桌上的信号屏蔽仪："它屏蔽功能是差了点，但是检测信号还是很灵的，你向外面打了电话？"讲师看着郑义，就像刀俎看着鱼肉。郑义不说话，看着讲师，那眼神却是在反问到底谁是鱼肉——你知不知道我是谁？"我他妈管你是谁！"讲师喊，"搜身！"后面的保安将手伸进郑义的外套口袋，面色一惊，竟然掏出一副手铐来。

郑义正是失联的卧底警员。他趁着保安迟疑之际，猛地挣脱束缚，抢过手铐铐住当先一人，神威凛凛，先声夺人："警察，你们被包围了！"讲师见状慌忙逃出房间，边跑边喊："你们拦住他！"正所谓双拳难敌四手，郑义本处下风，他壮着胆子，假称包围，气势上先压倒对方。众恶心神先自怯了，一时不敢上前。郑义向前突围，一脚撂倒一人，随即与扑上来的众恶扭打一处。

讲师没命般地下楼奔逃，当他奔到大门口之时，骤然听到一阵刺耳的警笛声，响彻大楼。讲师急欲转头，却看到正向他缓缓走来的郑义，楼上的几个阿猫阿狗，已经被郑义逐个击破解决掉了。警灯闪烁，鸣笛四起，警员们一拥而上，迅速控制住了讲师。关洁走到郑义面前上下打量，郑义被看得很不自在。关洁说：“扮小年轻还行。”郑义此番为了卧底，假扮受骗大学生，打扮得潮流时尚。郑义说：“这花里胡哨的，下次别给我穿了。”他二人搭档多年，最喜斗嘴，卧底失联是多危险的事，关洁心里紧张得不行，见了面还是继续抬杠：“下次大队长就别亲自卧底了。”旁边被铐住的黑嘴讲师吓得跌掉眼镜，来卧底的竟然是大队长。郑义接着和关洁抬杠，说：“枪都不敢用，还挂着空弹，下次出现场的活儿就别主动参与了。”关洁摸了下别在腰间的配枪，枪是空枪，甚至没有上弹夹。关洁嘴上不饶人：“谁叫大队长尽干让我操心的事儿？”郑义说：“这案子没完，背后金主还得查。”郑义说完就往回走。关洁喊：“你干吗去？”郑义说：“给人上上课。”“给谁？”郑义转身，远远指着刚刚被解救出来的学员。这群受困的学员，做着投资暴富的美梦，到底有没有意识到自己被骗了？关洁琢磨着他的话，这案子没完，背后金主得查……

要深挖幕后就得对到案人员进行详细讯问，这一夜郑义率人加班加点，终于在夜深时分结束了漫长的审问。下班时他来到分局大门旁的收发室：“田叔，麻烦开下门。”田叔披着外衣走了出来：“郑队，又忘带门禁卡啦？”郑义说：“抓人，不方便。”田叔是收发室的老员工，平时帮忙给加班的大伙儿做饭，和大伙儿都很亲，分局里有句话，不管加班到多晚，都能吃上田叔的热汤面。“又抓人了，现在骗子这么多啊?”田叔又问，“我买了几个理财产品，大公司的，你空了帮我算算收益?”郑义皱起眉，这黑手都伸到分局门口的田叔这儿了。“行，叔，明天我就劝你卖掉，没有天上掉馅儿饼的好事!”

郑义手机响起，他一边接电话，一边向田叔道别，然后走出了大门。电话那头是今天晚上行动的线索举报人，郑义向举报人致谢。举报人说：“投资行诈、非法集资，受害者众多，专害孤老，这个月就有三四起破财跳楼，可谓人神共愤，良好市民自然得配合警方整肃风气!”郑义被他拿腔拿调的话逗得一笑，说：“这事儿没完，背后还有一张网，主谋藏得深，电诈固然可恶，股诈波及更广。”举报人说：“那就请警方早日破网，有时候越公开，就越隐蔽。”这话似有玄机，郑义脑子里冒出一个熟悉的名字。举报人在电话那头挑明了说：“郑队，这背后的人，你应该听过，当红财经主播，韩东川。”

2.

地铁车厢内的人越来越多，韩东川起身，顺便扶一位老人入了座。他慢慢走出去，周围都是拥入车厢的人，唯独他一个人逆着人潮缓缓走出车厢。他拿着手机，正在直播。二十八岁的他风头正劲，凭借专业的金融背景和阳光帅气的面孔俘获了众多粉丝，一跃成为最炙手可热的财经主播。

韩东川闭上眼睛，心中念："人均乘坐 15 分钟，一条线路 45 块屏幕，文投传媒的受众流量系数是日活 126 万……"手机屏幕中，评论刷屏，他的直播间关注度很高。他睁开眼，如顿悟般双目放光，向广大粉丝阐述自己的结论："冠讯宏媒想在明天发起收购地铁文媒三大板块业务的价值估出，明显就是价不一致，加上冠讯宏媒的基本面利空，动作不会太大，所以这一次收购，不过是虚晃一枪，相反，雾港集团在文媒行业争夺份额，机会更多。股市有风险，入市须谨慎!"他顿了一顿，接着说，"好了，阿凯，明天的 K 线数据分析就交给你了。"

韩东川走出车厢，地铁车门刚好关上，嘈杂声似乎也被关上，世界一片安静。精彩，真是精彩，韩东川今晚的荐股直播可谓专业绝伦，亲自去估算地铁广告的人流量数据！

远在地铁站外二十六公里的一处庄园里，韩东川直播的最后一个画面定格在一台电脑屏幕上。整间办公室一片漆黑，只有屏幕发出微弱的光。电脑前的神秘人整个都隐在阴影里，窗外的夜色衬出他的轮廓，他开始拨号，嘟嘟声在这空荡的办公室里显得格外刺耳。电话信号穿越云层，风驰电掣般追到了正在收工的韩东川，神秘人毫不掩饰自己的欣赏："不愧是当红财经主播，韩博士，不过离任务目标还很远。"韩东川听着电话，表情轻蔑，迟迟没有作声，两人就这样在电话里僵持了一会儿，像是谁先开口谁就输了。终于，韩东川不耐烦道："少废话，三百万，少一分都不玩。"神秘人笑了："那要看看你们的本事。"韩东川嘴角勾勒出一丝笑意，这不是他第一次率团伙作案了，他的团队分工明确，各有所长——有 K 线师，有吹鼓手，有人头户，有资金池，有合法投顾牌照掩护……魔鬼交易达成，双方互换灵魂，明日天一亮，韩东川团队将以其独特的方式拉抬股价，掩护庄家出货，收割"韭菜"。

阳光照常升起，雾港的早市开始热闹起来。大金牛投资顾问公司的员工列队欢迎总经理孔辉。孔辉趾高气扬，他拿着麦克风，告诉员工："你们为什么来这里，你们是为了赚钱来的！你们不是来这里吃廉价三明治的，想一辈子吃三明治的，现在就滚。你们在为自己赚钱，拿起电话，把消息放出去：雾港集团，持仓看涨！把这句话带到你们每一个客户面前！要么买，要么死！听到没有？照做！”

办公室的气氛瞬间被点燃。孔辉转动音响旋钮，音乐声变大，节奏似乎也加快了。每个员工都拿起电话给客户拨打，电话声和人声此起彼伏。早茶店、书店、出租车上、证券经纪行门前，市民都在传递消息，消息一传十，十传百，人们交头接耳，热烈讨论：“是不是真的会涨啊？”“有内幕消息，手慢就追高了！”“韩博士推荐的不会错！听说有并购重组计划啊！”

一只名为雾港集团的股票将有重组计划的消息似瘟疫般快速传染，韩东川正快步走在金融中心的环形天桥上，他点了一根烟，告诫孔辉：“太急了，动作太大了些，笨蛋，慢点，主力别进太快！轻拿轻放！砸一个黄金底出来，更能吸引散户入局，照我说的做！”

与孔辉的用力过猛相比，技术师冷凯明显冷静周全得多。冷凯只负责技术分析，他坐在电脑前不断操作，屏幕里红红绿绿的股票 K 线映在他的眼镜上。

冷凯所在的屋内，装修有些残破，掉了漆的白墙上贴了很多二次元海报来遮丑，布艺沙发上胡乱散放着衣物，破旧的电扇缓慢地摇着脑袋。冷凯的电脑桌上同样是一片狼藉，两盆快要死掉的绿萝，只剩一只手的漫威玩具，角落里的相框蒙尘，里面是张四人合影。照片里，韩东川站在中间，笑容灿烂，旁边的韩小美靠在哥哥身旁，冷凯站在左边，有些腼腆，而右边的孔辉此时还没有长出胡楂。若不是韩东川带他们入行，这二人现在还不知道在哪里穷困潦倒。冷凯用一个极其夸张的动作按下了回车键，他兴高采烈道："有底不抄，天理难容。"随即他转动电脑椅，表情窃喜，拿起桌上的手机，操作着手机炒股软件，手机上显示他又追加了大量雾港集团的份额，手机发出"委托买入成功"的语音提示——这是在趁机发私财。

韩小美端着饭菜从厨房进来，听见冷凯在买股，脸色不悦，把饭菜重重拍在桌上。她生气的样子竟然也很美，堪比精雕细琢的美人。韩小美说："大哥说了，别玩过界!"冷凯不解："过界过界，什么过界？什么都不说，我们哪知道界在哪儿？"韩小美和冷凯对视几秒，冷凯一耸肩，怏怏地站了起来，端起饭菜刨了两口。韩小美一字字地说："大哥的话，就要照做，这是规矩。"冷凯把筷子拍在桌上，说："孔辉那赌棍又欠了赌债，大哥怎么不管他？"韩小美不答他话，打开收音机听战报，广播里正在播放今日财经新闻："得益于今日开盘的利好消息，雾港集团受到投资者青睐，已经形成黄金底，未来持续看涨，有望实现市值新高。"韩小美长舒一口气，大哥又一次完成了任务，目标股票已经被抬到目标价，庄家可以收割散户了。

冷凯实在不明白，韩东川最近动作有点大，这样开工过于频繁，会惹上警方，唯有韩小美知晓哥哥的用意。

当日收盘之后，韩东川拎着一个皮箱，来到了孔辉的办公室。他与孔辉对坐在一张长长的办公桌两侧，平日里桀骜不驯的孔辉在大哥韩东川面前多少有几分恭谦。黑色皮箱从办公桌的那一端快速滑过来，孔辉伸手稳稳按住。韩东川抬手，示意对方打开，皮箱弹开，里面全是现金。孔辉眼睛发亮："老大，多少？"韩东川说："三百万。"这是他们团伙此次作案的佣金。孔辉不解，问："大哥这是干什么？"韩东川说："收下。"孔辉问："冷凯和小美不用分？"韩东川看着孔辉，看得他心里发毛。韩东川说："大哥的话，照做。"孔辉笑了："好好好，都照做。"韩东川说："我只有你和冷凯两个兄弟，你听好，还债后，别赌了。"孔辉一耸肩："玩玩都不行？"韩东川猛地起身，几步上前，一把拉住孔辉的衣领，用力把他的脸按到桌上，撞得孔辉眼冒金星，韩东川家法严厉，容不得他嬉皮笑脸。只听韩东川一字字道："别赌了，猎人要来了。"孔辉跟随韩东川多年，从没见过韩东川如此慌张，他满眼惊惧："猎人来了……谁是猎人？"

韩东川说："最难缠的对手，郑义。"

3.

郑义只睡了三四个小时，就被副局长的电话打醒，告知他今天务必要破获手上的案子。“今天？当我是神仙啊？”副局长说：“行动申请已经批了，你抓紧吧，到关洁那儿看最新资料。”

他掀开窗帘一角，早晨的阳光温柔而舒展。他看着日历上的日期，时间过得好快，一晃就三年了。三年前，他的三名挚友在追缉嫌疑人的途中因为车祸殉职，他也因此多了三名义子。

黑白色禁欲系风格的衣柜门被拉开，里面的衣服也全是黑白色的，井井有条。郑义快速随意地抓出衬衫、西服，每件都一样，不需要浪费时间挑选。咖啡只喝速溶，衣服只穿黑白，三十六岁还单身。对于他来说，时间的意义都在于破案。

他到办公室时，关洁正抱着文件夹从一侧快步过来，二人并肩而行。关洁向他报告案情，大金牛投资顾问公司及其负责人孔辉长期从事违法活动，高位荐股、投资诈骗、虚拟盘、虚拟币，卷款离岸，众多群众受害，甚至有人跳楼。这些年，防范电信诈骗的普法宣传力度加大，大家的意识都得到了提高，可是股诈，却没几个人能整明白。有的犯罪团伙以每天几只金股为饵，邀人入会、入群并收取高额会费。这些群组有一个共同的特点，就是信奉群内某个专家。专家给出投资建议，有的投资者欢呼赚钱，有的却亏损，对待亏损后的股友，还有群友发红包安慰，表面上是“人间自有真情在”，实则整个群里全是托！有的犯罪团伙更离谱，入会、进群之后有专家组织建仓，带着股友冲击某只股票，最后高位建仓被套死套牢……玩虚拟盘就更玄乎了，和网络赌博差不多，在网络上购买理财、投资产品，最后的结果是——卷款失踪。

关洁补充了一句：“孔辉可不是团伙金字塔的尖儿，他背后还有人。”郑义看着资料夹：“得，怪不得今天一早领导就让行动，原来你这儿已经齐活，那就开工。”关洁说：“今天早点收工，晚上有个兄弟单位的座谈会。”郑义说：“我没时间。”随即提步就走。关洁喊：“上头通知让大队长去。”郑义向前走了两步，回头，看着关洁：“你去，副大队也是大队长。”关洁暗骂一句钢铁直男，挥手砸给郑义一个资料夹。郑义翻开资料夹，里面是便笺卡片，是三个孩子给他的生日贺卡和照片。最小的孩子咧嘴笑着，缺了一颗牙。今天是郑义的生日。关洁埋怨：“跟个永动机似的！”郑义不接她的话，看着照片：“老三牙怎么缺了?”关洁说:“三个孩子可不光缺牙。”郑义紧张起来:“那缺啥?”关洁说:“缺妈。”

这世上有两样东西不能直视,一是太阳,一是人性贪婪的欲望。刚刚答应要摆脱赌债的孔辉此刻带着韩东川给他的三百万,又坐到了赌桌上。性感而美丽的荷官向他抛着媚眼,一张又一张扑克牌发到了他手里。十赌九骗,可惜孔辉无法看破这个道理。他结伙行骗,攫取投资者的资金,又在赌桌上输个精光。韩东川已经不止一次告诫他戒赌,可是赌徒哪那么容易回头,于是韩东川只好帮他出头,让他去还清赌债。这赌徒一拿到韩东川的三百万,就把还债的事儿给忘了,反正横竖都要赌一把,要是赢了,那就能翻身。

在赌桌上得意忘形的孔辉压根儿没有想到,自己已经被郑义盯上了。根据关洁的情报,孔辉背后还有一个层级更高的团队,这个团队的首脑疑似韩东川。就像白天和黑夜的两面,韩东川在阳光下是当红的韩博士,而背地里却有着不为人知的事。孔辉名下的大金牛投资顾问公司是浮在表面的,形式上都是合法的业务,但是他们行骗的手法里却有虚拟盘。何为虚拟盘?就是建一个网站,拉人投资,推荐投资项目,骗取现金兑换网络代币,或是受托进行投资买入,当受害者把现金打入网络账户时,就已经掉入陷阱,结局往往是受害者被骗个精光,行骗者卷款跑路。

郑义由此推断,这伙人一定有一个搭建服务器的据点,用以处理各种数据，开设网站进行股诈。这个据点在哪儿？只要盯住孔辉，就能顺藤摸瓜。根据被抓获的那名经济讲师供述，他的上线孔辉会在每个月的某天去对账，而他在对账之前，都会先去豪赌一把过瘾。开设赌局的老板已经于两天前被郑义拿下，配合警方盯住孔辉，只要孔辉前来赌钱，警方就将启动跟盯计划。

赌局行至半夜，孔辉意犹未尽却匆忙离开，郑义判断他是前往据点与韩东川等人对账。机不可失，时不再来，郑义和关洁立刻调动警力，开始对孔辉进行追踪。

孔辉从梧桐路走到木莲街，然后进入了星光广场，他在一家日式摊贩前买了一盒章鱼丸子，借着等待章鱼丸子制作的时间，他转头向后张望，确保没有尾随者。在经历了几轮盯梢甩梢、甩梢盯梢之后，孔辉从上衣口袋里抓出一个头巾，迅速折成了帽子，戴上帽子和口罩后，他整个人的外形发生了变化。郑义此时不得不佩服此人的反侦查意识。可惜任这猴子如何翻跟头，也跳不出警方的五指山。

郑义心中猛地一跳，忽然意识到了一个问题：既然韩东川、孔辉等人行事如此缜密隐蔽，为什么韩东川最近动静这么大？他难道不怕暴露？难道他还有别的目的？

就在郑义愣愣出神之际，孔辉已经潜入了一处废旧厂区，他从楼梯口快速下楼，消失在了警方的监控视野之中。孔辉来旧厂区见的是不是韩东川？可别扑了个空。关洁请示：“是否行动?”郑义说：“先缓一下，我接个电话，煮熟的鸭子难不成会飞?”来电的正是此前的举报人，他向郑义爆出一个猛料：“韩东川就是前几日操纵雾港集团股票案的要犯之一，而孔辉近日来见的，也正是韩东川。”

孔辉快步来到地下三层，角落里有一道生锈的铁门，他用指纹刷开了门禁，铁门背后竟然另有乾坤，数台服务器分列两旁，众多电脑主机发出星星点点的光。工位上有数名技术人员在操作网页，而技术师冷凯正在一旁对账。韩东川慵懒地坐在躺椅上，点了一根烟，像是等候孔辉多时。孔辉得意扬扬：“一路上我就感觉有警察在跟我，我甩掉了他们!”他得意极了，有种老鼠戏弄了猫的快感。韩东川和冷凯猛地抬头，这家伙脑子是进水了还是被门夹了？韩东川把烟头扔在地上，重重踩上一脚，强自控制情绪，让自己镇定下来，喊：“你他妈是不是神经病！都感觉到有警察跟了，你还来？冷凯，收拾东西，马上走!”他话音刚落，冷凯抄起椅子就朝服务器砸去——走也要先毁灭证据。

一声巨响，铁门被破入，郑义率人冲了进来，眼前的一切让他彻底惊呆——人呢？关洁看他半晌，眼里充满疑惑，有人通风报信？郑义一拍桌子，煮熟的鸭子真能飞！

“匪首”韩东川溜了，留给郑义一堆被砸坏的电脑和一个清理过的现场。电脑盘恢复后，根本没有犯罪证据，白白浪费投入的警力。

郑义外号叫猎人，这次却让猎物跑了，他分析韩东川的心理，像是准备好的，知道警方要来，故意玩了个险情，然后优雅离开。此人极其谨慎，一边公开做财经直播，一边暗地里翻云覆雨，这般手段把合法和非法的两个身份切割得很是干净。最让人疑惑的，是近期他的团队一反常态，频繁作案，是缺钱缺疯了？好好地当他的当红主播不香吗？

韩东川确实是准备好才溜的，他提前得到了通知。举报人向郑义举报了线索，挂电话后马上通知了韩东川："喂，韩博士，现在只有我能救你，你还有三分钟可以撤，在车场后门右手边五十米，给你准备了一台车……"

在资本市场里，有人喜欢当老鼠，有人喜欢当猫，还有的人专喜欢看猫和老鼠的追逐。举报人正饶有兴致地看着郑义率队搜捕韩东川，就在韩东川一行几乎要被警方逼入绝境时，一架直升机接走了他们。举报人不光喜欢看猫捉老鼠，还喜欢扮演救世主。

举报人原名罗富，是雾港市的大人物，首富集团的掌门人，多年前以荐股诈骗起家，因为行骗被人斩掉一指，后在著名的"3·27国债事件"中站队，多头获利，发达后摇身一变成为金融慈善家，在雾港市呼风唤雨，与政府上层形成利益捆绑关系。罗富为人霸道，行事周密，善于做局，这一次将警方和韩东川团伙玩弄一番，不知所做何局？

灰头土脸的韩东川三人从直升机上下地时，已是破晓时分，天空亮起鱼肚白，迎接他们的是罗富的秘书詹妮。性感的詹妮腰肢摇曳，柔中带媚，她说："韩博士，我们联系过。"韩东川在脑海中飞快搜索。詹妮笑了，笑得百媚丛生，笑得像醉人的胭脂酿酒，她纤细的手比出三个指头。三百万？这是韩东川团队上次作案的佣金。行有行规，不问雇主身份，韩东川此刻才知道雇主是谁。

詹妮将三人引荐给罗富。步入罗富私邸，金碧辉煌的陈设、浮夸的奢侈品摆件、居中位置金砖砌成的堡垒……孔辉与冷凯几乎被震倒，贫穷彻底限制了他们的想象力。张狂的罗富叼着大卫杜夫雪茄，告诉韩东川："我很欣赏你们三人的能力，想不想和我一起玩点大的？"冷凯和孔辉问："我们凭什么信你？"罗富皮笑肉不笑地说："你们现在还有选择吗？只有我有能力按下你们头上的案子。你们三兄弟，到底谁说了算？"他看着韩东川，眼里充满了戏弄猎物的愉悦。

韩东川想都没想，仿佛他为这一刻已经准备多时，他说："行，这次我要一个亿。"

41.

罗富将韩东川三人收入麾下后，郑义接到了上级指示，案件点到为止，既要打击犯罪，又不能影响金融稳定。罗富在金融市场里举足重轻，如果硬来，可能会引发市场动荡，波及无辜……这叫什么工作指示！郑义气得想骂娘。

郑义的正义感可谓先天而生，他是警校尖子，经济犯罪侦查专业毕业生，毕业后进入警局一直从事侦查工作，专司打击经济金融与诈骗犯罪，对待罪犯从不手软，性格寡言、内敛、低沉，是出了名的硬汉。在面对金融诈骗的受害者时，郑义又表现出铁汉柔情的一面。他今天上班时看见收发室的田叔很沮丧，此前田叔买了一堆乱七八糟的、或虚拟或现实的投资产品，到最后养老储蓄都被榨干。连收发室田叔都被骗了，这都骗到警局门口来了，孰不可忍！畏首畏尾，顾及这，顾及那，难道韩东川傍上罗富，就不执法了吗？

郑义想不通，在天台生闷气，关洁走过来，迎着风，和他并肩而立。“抬杠专业选手”关洁同志问：“咋了？有什么不高兴的事，说出来让我高兴一下。”“聊天终结机”郑义同志答：“今天别烦我，我要破例骂个人，千万别兜你头上。”关洁笑了，她笑起来有种温暖的力量，她递给郑义一罐可乐：“来，今天聊个正经的，不练杠了。”郑义差点没笑喷：“难不成平时聊的都不正经？”关洁问：“你为什么当警察？”郑义说：“我不想有人受伤害。”关洁问：“这么多年了，还和以前一样坚持吗？”郑义说：“是。”

“为什么？”

“因为这个城市走向明天的时候，有很多人已经留在了昨天。”

关洁琢磨着他这句话，他说的是他那几位已经殉职的挚友，也就是三个义子的父亲们。两人不说话了。天台的风很舒服，初秋的天气不冷不热，一丝凉风拂过关洁的头发，她皮肤白皙，明眸深邃，五官柔和，在对面楼房灯光的掩映下显得多姿。

郑义看着，不觉心中一暖，平时和关洁抬杠成了习惯，从来没发现这女孩儿安静起来这么温柔。关洁突然转头对他咧嘴大笑，吓得他退后一步，有点手足无措。关洁说：“不然我再来抬一次杠。”郑义说：“对，别突然这么深沉。”关洁笑：“笨蛋，上头只说点到为止，又没说点到哪儿为止！”郑义豁然开朗，哪里有犯罪，就点到哪里为止！

罗富收揽韩东川，简直满意极了。韩东川出身寒门，却是不世出的金融天才，他头脑清醒，手法娴熟，在市场上指哪儿打哪儿，狙击罗富的对手，几无败绩。韩东川从走廊上快步走来，他西装革履，意气风发，詹妮紧随其后，抱着各种报表，率一众操盘手簇拥着他，记录他说的每一句话。只听韩东川发号施令道："操纵一只股票，分为四个步骤：选票、拜票、坐庄、拉抬。选定一只小而优的股票，比如罗董这次想要坐庄的目标'西国科创'，绩效不能太好，也不能太差，然后登门拜访，达成协议，随后几个月内在财报上把所有损益做平……别做太露，边砸边托，不要一次做太露，放点新闻出去，顺势砸开关键点位，炒高股票然后出货！"韩东川拉过詹妮，递给她一张卡。韩东川说："这阵子辛苦了，你小孩上国际学校，校董那边我打过招呼了。"股票俱乐部里发出贪婪的喊声："涨，涨，涨！"韩东川随后开始套现离场。罗富在他的办公桌对面举起了红酒杯，好了，玩够了，贪心的人都要被套！

回说郑义这边，他从股市涨停板上看出了西国科创的端倪，结合收到的线报，他判断这次和韩东川以往的手法完全一样。堡垒都是从内部被攻破的，西国科创里边一定有人与韩东川勾结。他和关洁随即前往西国科创公司进行调查，联络该公司高层。郑义言辞犀利，质问该公司是否进行了"市值管理"。西国科创高层代表董烨一口否认。郑义说："西国科创明显异动，有庄家入场。"董烨反驳："正常商业合作难道也要向警方报备?”郑义一针见血指出：“打死老虎的力气我没有，打死几只苍蝇我还是可以的。”随后他拿出报表，扔在对方面前，继续说：“目前庄家正在吸筹阶段，现在收手，还有救。”董烨默默低头，交代自己被孔辉胁迫，如果不就范，孔辉就要对他女儿下手。郑义一拍桌子，太无法无天了！

韩东川手握更多上层信息，他利用这些信息精准分析股市，在网络上火爆出圈。冷凯也因罗富的便利得到了更高的黑客权限，在直播间里，他通过技术抹除黑料，进一步神化韩东川，协助他操盘，而孔辉则不择手段让不合作的企业方屈服。罗富频频对三人雷厉风行的手段竖起拇指，三人成为罗氏头牌操盘组合。

警局办公室内，郑义率队连轴转起来，所有与案件有关的资料、数据堆成了小山般高。他就是认死理，不管是韩东川还是罗富，反正谁犯法，他就跟谁死磕到底。关洁提示说对方很狡猾，目前证据不足，郑义遂让先跟进已经落网的团伙成员，只要撕开一个突破口，就能对韩东川三人定罪。郑义一推桌上的案件材料，这可不是韩东川三人这么简单，从这些年的案件情况来看，罗富才是真正的大鳄。关洁说：“罗富竟然还想干预警方办案，真够胆大的。”郑义看着关洁：“那就开战吧，罗富想怎么打，我奉陪到底。”

就在郑义紧锣密鼓调查罗富和韩东川之时，罗富已经察觉到了风向的变化。他相信自己这几十年能风雨不倒，这次也能压服区区一个郑义。他随即拨出电话，叫詹妮在会客厅等他，他要面授机宜，安排一个经济论坛。詹妮立刻来到会客厅。会客厅中心有一个金砖摆件，金砖一块一块砌了老高，象征着罗富的权势熏天。罗富突然从后搂住她的腰，另一只手拿着一杯红酒，得意扬扬地说："知道这些砖代表什么吗？"詹妮挣脱不了，只能顺着金砖看。罗富接着说："这个世界上，每件东西都有价格，台阶高的吃掉台阶低的，一将功成万骨枯。这些公司和人名，都是我曾经的猎物，现在都成了堡垒下的一块砖。"詹妮叹了口气："在这个战场里，只要与你作对，最后都会被吃掉。"罗富一把拉住詹妮的裙子，将她推到落地玻璃窗上，问："你是想被吃掉，还是想吃掉别人？"罗富从后面按住她，把身体和心理的压力都发泄到她身上，玻璃上映出詹妮惊恐而无助的眼睛。

在商场上，很多事都是在饭局上解决的。罗富张罗饭局，密会雾港市副市长丁一佳与监管高层，可是这顿饭吃得并不舒服。罗富开局很热烈，却被泼了盆冷水。罗富慷慨发言："今天借着本市学界经济论坛的晚宴，邀请到各位嘉宾，来给首富集团服务本市经济建设传经送宝，我真是太荣幸了！"罗富告诉詹妮，高端饭局一定得有正当名义掩护，比如经济建设论坛研讨，比如学术交流会议，一个商人再牛，一个官员再有问题，也不可能完全没有遮挡，赤裸裸地混有问题的饭局。

只见副市长丁一佳冷冷一笑，道："传经送宝不敢当，罗董高瞻远瞩，麾下收罗了三位锐意新秀，年轻人动静大一点，可是基本的经济规律还是要遵从，发展和稳定必须兼得，首富集团的规划要做得周密点，万无一失，否则一失万无。”这种饭局，说话都有玄机，所谓话不说明，话不说亮，丁副市长已经在对罗富敲警钟了，三个年轻人是你罗富搞来的，现在动静闹得这么大，不光警方会盯上，上面也会查，你步子大点没关系，得准备好有人出来背锅。

罗富自然也听明白了，他向领导表态：“大家放心，首富集团的企业文化，是把社会责任感放在首位。”这话翻译过来，就是我有社会责任感，一定会给大家一个交代，不会连累大家。

丁副市长说：“企业社会责任感可不是口号，这方面你得请教专家严局长，我今天专程给你把他请过来了，这种论坛比较高端，我这个门外汉最近就不过多出席了，舞台交给你和严局长吧。”

罗富额上汗珠直冒，丁副市长的意思很明确，翻译过来就是：别光嘴上说，得有点动作，严局长是老子喊来给你善后的，你好好配合下。上面风声紧，我要避一下。

罗富听完丁副市长的话，一直看着丁副市长旁边的严局长，严局长缓缓点了点头。这饭没法吃了，丁一佳说了声“失陪”，就带领官员离开了晚宴，剩下罗富和十余名商界盟友，罗富坐在位子上，表情阴沉。他心中想：不就是需要扔个人来背锅嘛，人，我来出！

郑义在豪华宴会厅外吸着烟，一旁的烟灰缸里已有一堆烟头。他是临时被严局长喊过来的，严局长在电话里给他说：“丁副市长要参加一个论坛，邀请我也一起去，实在推托不了，估计和罗富有关，你跟我一起来吧。咱们现阶段讲点策略，‘虚与委蛇’，既不得罪副市长，也要亮明警方办案的态度。”老严是老警察了，也是郑义入行的领路人，他对郑义的影响很深，可谓亦师亦友。于是郑义就傻傻地在宴会厅外抽烟，他等了很久，终于等到严局长出来。严局长说：“首富集团的负责人刚刚提交给我一些证据，估计是要弃卒保帅，我们不妨将计就计，先把韩东川三人作为突破口。”

郑义摸着头，揶揄道：“局长，上头不是说让我点到为止？”严局长板起脸：“叫你做你就做，哪儿那么多话！”老严果然值得信任，郑义立正敬礼：“收到！”

5.

韩东川为人冷酷、沉着、笃定、睿智，表面光鲜的他出入聚光灯之下，出入名流之间，但他内心藏着一个秘密：他的卧室里没有一丝彩色，全是阴郁的灰。在被正式通缉之前，他回了一趟老家，亲自下厨给妈妈和妹妹韩小美做了一顿饭，韩东川的厨艺竟也不错。韩东川在厨房炒菜，神态自若，他知道自己将要面对怎样的局面，下一刻他将陷入危局。他丝毫不乱，仿佛这一切皆是他安排好的剧本。

饭菜很快就做好端了上来，有毛血旺、白斩鸡、豆瓣汤、回锅肉。一家三口开始吃饭，沉重的气氛笼罩着餐桌，韩东川要干什么，妈妈不知道，妹妹不知道，韩东川也不愿意让她们知道。韩东川说：“爸爸是被股票害死的，所以我知道妈妈为什么反对我做这些事，但我走这条路，即便明知是错的，我也要走下去，我相信到那天……”韩东川正说着，鼻子突然滴出了一滴血，他连忙低下头假装吃饭，鼻血滴在碗边，顺着碗壁流进饭里，被韩东川直接吃进肚里，他感到肚子里像是生起了火。

这一切被韩小美看在眼里，她心中五味杂陈，似乎明白了韩东川说的话。韩东川分别给妈妈和妹妹夹菜，妈妈缓缓抬起头看了看韩东川，韩小美则双眼通红。

韩东川看了看表，他仰头看着天花板，像是在等一只靴子落地。电话响了，是詹妮打过来的，电话那头她慌乱的声音压得很低：“韩哥，你被通缉了！罗富把所有黑账都推到了你头上，这个锅很大，警方进入首富集团，调取材料，材料上全是你的签名。”

韩东川非但没有慌张，反而笑了。他起身，终于到该走的时候了。他走出家门，转身从口袋里拿出一张银行卡递给韩小美：“这是马来西亚的银行卡，你尽快安排，和妈妈一起离开这里。”他长吸一口气，“好了，安顿好了，现在正式开战。”

韩东川被通缉了，从光鲜亮丽的金融精英成为过街老鼠，罗富心里得意极了，现在所有的黑账都推到了韩东川三人头上，这警方是干什么吃的，怎么还不将他们缉拿归案？他正纳闷，手机响了，韩东川竟然还敢使用电话，罗富一面接电话，一面用手势吩咐下属给丁副市长打电话，通知警方追踪韩东川的藏身地。

韩东川决定摊牌，他问罗富：“这次又是什么操作？”操作，像操作市场一样操作你的命运。“没有背景的草根，急于求成的金融天才，又有前科和嫌疑，真是成为替死鬼的绝佳材料。”韩东川问：“从招募我们开始，就是骗局？”罗富笑了：“在这个行业里，不要相信活人。”韩东川在电话那头沉吟片刻，说：“罗富你已经走入了下一重骗局，我不高调吸睛，怎么吸引你招募我？你以为你是猎人，实际上你是猎物，好戏才刚刚开始。”什么意思？罗富有点摸不着头脑。

万人广场是雾港市的中心地带，是最主要的商业街区，每天的人流量极大，也是国际化的金融 TOD 聚集区域。正值早高峰，一块巨大的广告屏闪烁了几下之后，发出巨大的声响，吸引了众人的注意。韩东川的影像出现在了屏幕之上：“大家好，我是韩博士。经过一段时间的深入虎穴，我已经掌握了近 60GB 的黑料，从今天起，我会不定时直播首富集团的黑料，我手上这份报表，来自首富集团的会计……”

与第一场爆料直播同时发生的，是郑义在局里收到了一封短视频邮件。他点开邮件，视频播放器自动打开，韩东川的影像出现。视频里，韩东川背后是一片绿幕，看不出在哪儿。他保持着一贯的笑容：“郑警官，我听说你在帮罗富抓我，猎局现在才刚刚开始。你只有七十二个小时来抓我，我会不定时在万人广场的城市屏幕上爆出首富集团的黑料，反杀罗富。”郑义捏紧了拳头，这家伙吃了豹子胆，敢挑衅警方。韩东川似嫌挑衅不够，又补了一句：“你只有七十二小时，可不要浪费。”郑义盯着视频，脸色冷峻如严霜。

韩东川的爆料直播引发巨大轰动，广场大屏幕下人头攒动。人们议论纷纷，人心慌乱。消息快速传播，各种手机屏幕上，“韩博士直播间大爆料”的推送弹出，各大网络平台纷纷转播。韩东川继续直播：“去年4月，西铁钢材下跌75%，几乎腰斩，有充分理由怀疑是首富集团罗富指示几个主力机构，对西铁钢材进行坐庄炒作和内幕交易，套死散户，操纵市场……”

如此重磅炸弹从天而降，证券业立刻火烧眉毛，一时间电话声此起彼伏，场面兵荒马乱，不同工位上的经纪人在接打不同客户的电话。“喂，您好。好！建议抛！”“低两个价位！”“持币，好的，建议马上清仓离场！”

直播还在继续，郑义目不转睛地看着屏幕，这是在故意制造市场恐慌，得赶紧联系切断广场屏幕电源！郑义终于解开了心中疑惑，原来韩东川此前频繁作案，是为了贴靠罗富。

罗富也在看直播，他招揽韩东川，本想推他背锅，不料韩东川竟然故意贴靠自己，他为什么要这样做？罗富顾不上想这么多，想蛇吞象？找死！他掏出手机拨打电话：“丁市长，你要我有交代，我交代了，现在人你们没抓住，那就别怪我了。”罗富走出办公室，他要反击，解决这个麻烦。接到罗富电话的丁副市长镇定自若，他也在收看今日的财经新闻，美丽的主持人正在播报：“十五分钟前，韩东川直播发布了两条爆料，受其影响，首富集团关联的多只股票及多个金融产品出现不同程度的下跌，首富集团总裁罗富尚未对此进行回应，市场出现不同程度的恐慌……”

丁副市长关掉电视，神色凝重，闹这么大，会失控。他吩咐一旁的工作人员：“切断大屏幕，找出网络播出源！联系警方，找到这个韩东川，马上！”

售卖橱窗里的电视上播放着府河财经的新闻，路人纷纷驻足观看。几乎同时，电视画面转到了别的台，广场上的大屏幕也被关闭。人群中，一个主播打扮的路人高举自拍杆上的手机。“网上还能看！”路人纷纷聚到了他的周围。有些事情，越堵越汹涌。人群另一边，另一个路人也高举手机：“首富开始跌了！现在入手啊！”“大家看，罗富正面回应了！这是不折不扣的造谣，他悬赏五百万寻人提供造谣者的线索。”

罗富处心积虑，要拉韩东川给自己多年的黑账背锅，没想到韩东川将计就计，打入他身边，要扳倒他。郑义想，韩东川的动机是什么？必须弄清真相。广场屏幕断电后，爆料直播转到网上，关洁追溯到第一个网络视频发出来的 IP 地址，那是韩东川过去的暂居处。郑义赶到现场，环顾这个只有灰色的房间，审视这个如牢房一样的房间，不放过任何一处蛛丝马迹。墙上的钉孔吸引了他的注意，钉孔密密麻麻，错落有致。郑义顺着钉孔一一抚摸，恍然大悟：“拿市区地图来！”他找到了韩东川直播的规律，狡兔三窟，此人计划周详，爆料直播一旦开始，将启动周密的转移计划，这些钉孔对应地图上的直播点。

6.

韩博士对首富集团的爆料成为全城热门话题，市场出现混乱。郑义追着直播视频的 IP 地址不放，当他率队扑至地图上的钉孔所对应的地址时，发现这儿住着的不过是一名不知情的受雇大学生，有人给了他一笔钱，让他在特定时间发送一段视频到网上。郑义反应过来，这不是直播，这是早就录制好的视频，分散到不同的地址，拖延警方时间。

留给郑义的时间不多了。公交车上、城市广场屏幕上、地铁里、商场里，公众低着头，看着手机，韩博士直播的内容快速刷动。韩东川继续直播："罗富麾下头号操盘手王伦德，勾结魔石传媒，在期货及债券市场做空对家……"

电视新闻也几乎同步播报："这里是府河财经。知情人韩东川再次爆料，继魔石传媒爆出黑幕后，南利科技也没能幸免……"

南利科技的职员拿着手机，观看韩东川的直播。一旁煮咖啡的同事惊恐地看着壁挂电视上的财经新闻："出大事了！"

电视上，各股指数全线下跌。多只优质股票直接跌停，关联杠杆和资产化数值更是翻车。

斑驳的旧楼道里，一位老人卖力地走向顶楼。广播里不断播放："市场恐慌情绪弥漫，请广大投资者理性对待……"老人眼神迷茫，楼道昏暗，只有通往天台那道门闪烁着光亮，光亮刺眼，不得解脱。

南利科技老板在自己的办公室里呆坐，他看着办公桌上妻儿的照片。办公室外，员工们正把办公用品一件一件往外搬，吵闹声不绝于耳，和办公室内的安静形成对比。他的手机仍在播着韩东川的爆料："罗富与南利科技联手运作，低价竞得科技城项目后，将本该用于利民项目的空地违规修成商业中心，并通过无良律师事务所包装，进行资产证券化，违规发行信托产品。下面我将披露他们的具体财报和两张皮账目……"

郑义在另一处可疑地址前停下了脚步。他将率队去扑住下一个视频的发送者，可是这也并不能发挥什么作用，根据之前两名受雇人的反馈，韩东川给他们的平板电脑是设置好程序自动发送视频的，也就是说，就算警方扑住了受雇人，也不一定来得及解除视频的自动发送……层层套套、套套层层，真是细心到极致，金融高才生果然不同凡响。郑义不由得佩服韩东川的缜密，他看了看表，离七十二小时直播结束，所剩时间不多了。韩东川的爆料，基本都是真的，作为警察，他必须及时制止扰乱市场的行为，而作为普通人，他竟然有点期待，好奇最后的黑料到底是什么。处心积虑、费尽心思、卧薪尝胆、忍辱负重……他把能想到的词汇都过了一遍，可还是想不通，韩东川为什么要死磕罗富。关洁把一张大大的雾港市地图摊开，她用笔在不同的点上画上小红叉，警方已经把所有可疑的地址都找了一遍，都没有韩东川的踪影。关洁说："有个地方不在韩东川的计划里，但我有些好奇。大数据显示，过去两年里，韩东川在整个城市的轨迹点共有 221 处，这个地方，他一共去过 5 次。"郑义问："那是哪儿?"关洁说："医院。"关洁在地图上点下一笔，郑义心领神会："走，看看去。"

壁挂电视上，涨停板全线飘绿，罗富的脸色要多难看有多难看。他的对面，是他的商界盟友。该怎么办？韩东川再这样闹下去，警方找不到，黑道也找不到，这人难不成上天入地了？肯定要出大麻烦。落地玻璃窗映出罗富的脸，杀气阵阵。

与罗富一样黑着脸的，还有副市长丁一佳，他的手机上播放着韩东川正在爆的致命猛料。韩东川说道："爆炒雾港集团事件中，罗富的利益勾结十分复杂……"丁一佳已经知道他要爆什么了，他用力把手机屏幕关掉，推开门走了出去。

白天的市政大楼大堂光线充足，丁一佳拿着手机沿着过道往外走，四周空无一人，韩东川的直播声音还在继续，他明明已经关了手机，怎么还在说，还在说！声音像是从角落里钻出来，像是从天上降下来，反正就是不知道从哪里来的，上天入地，钻入他的脑子，扰得他异常烦乱。韩东川的声音在说：

“罗富用巨额资金垄断着雾港市的多个项目，他从一条金融恶龙慢慢成了国王的不二忠仆，但是没有实力的国王怎么可能驾驭恶龙？副市长丁一佳作为罗富的座上宾，所谓清者自清，是否需要给公众一个交代？我现在念的，是罗富贿赂的人员和金额……”

韩东川的播报像一张网，压得丁一佳喘不过气来，他用力撑开网，脚步不停，冲出市政大楼，光线无比刺眼。一辆黑色轿车已经在此等候多时，车旁是几名干部要员，丁一佳开门进入，降下车窗：“按照上面的要求，依法对首富集团及罗富开展专项调查，涉及的官员，重处！”干部问：“那罗富呢？”丁一佳想都没想：“查。”他关上窗户，韩东川的声音终于消失了，他闭上眼，只要先处理一些人，就能有所交代，自己就能安全。

集团的晨会还没开完，罗富就提前离场了，他坐电梯下到车库，在他的迈巴赫上，一张老面孔在等他——孔辉。韩东川找不见，找个赌鬼孔辉还是没太大问题，罗富派出的人在地下牌场里把孔辉抓住了。啪嗒，打火机的火苗发出温暖的光，罗富帮孔辉点上一支烟，说：“老弟，你很像我。”孔辉吸着烟不说话。罗富说：“要想当老大，就要狠。”孔辉说：“老板，你绑我来，就是说这个？”罗富缓缓说：“有时候人不去选择，不是因为没有选择，而是因为价码不够大，你赌钱找刺激，债台高筑是不是？有没有想过自己当庄家？”孔辉看着罗富，没有说话。罗富继续说：“你再好好考虑一下，有的东西，一辈子都戒不掉，比如我，我只爱钱。”孔辉吸了一口烟，吐出一口烟圈，在兄弟和利益之间，他选择了后者。他说：“我也不知道韩东川躲到了哪里，但是我有一个法子能让他出来。合作愉快，罗老板。韩东川有个妹妹，是他的软肋。”罗富笑了：“这个世界上，只有我可以骗人，不可以有人骗到我头上。”

韩东川记得孔辉小时候很调皮，比冷凯调皮多了。当年，在韩家发生变故之前，韩东川的家境比较殷实，他也是院子里的孩子王。小时候看电视，学着要结义，真是闲得慌，不过三人倒是相互陪伴着长大，韩东川一直像大哥般关照二人，每年三人的生日都要在一起过。在孔辉的记忆中，他第一次吃的蛋糕是韩东川买来的，他当时惊呆了，奶油混合糖分的刺激不光震撼了他的味蕾，还震撼了他的灵魂：“这世界上竟然有这么好吃的东西！谢谢大哥！”韩东川得意极了，拍着胸口保证：“以后跟着我，大哥每年都请你们吃蛋糕。”冷凯笑着喊：“我要吃最大的那块！”

过去的时光好似不会再回来了，罗富说过，在这个圈子里别信活人。韩东川长长出了一口气，他经历了这么多事，终于明白了一个道理：做蛋糕容易，分蛋糕却很难，因为每个人都有不同的欲望。他的备用手机上收到妹妹韩小美被绑的裸照，他根本无法用语言来形容自己的愤怒，他想把罗富撕碎！看来最终见面的时候到了。他的这个手机号几乎没人知道，到底是孔辉把自己卖了，还是冷凯把自己卖了？

31.

郑义从医院出来，他对着调取到的韩东川的病历傻了眼，一个时日无多的人，到底为什么要死磕罗富？他让关洁赶紧调取近二十年和罗富有关的线索，一个冷门案件突然出现在眼前，这案件号好眼熟，郑义看了半天，终于想起，这是他处理过的案子。郑义看着当年的案卷愣愣出神，终于明白了韩东川的所有用意。他的手机响了起来，有警情报告他，韩小美失踪了，她原本订了出国的机票，可是在临走前一天与家里失去了联系。警方立刻调取天网监控，发现她是被人绑走的。郑义一股热血冲上脑门，他呼叫队里所有警力，罗富这样干，是在逼韩东川去见他，罗、韩二人肯定要火并！去首富集团的双子塔！

罗富现在并不好过，他很恐慌，副市长丁一佳现在要严查他，他本能地感觉到危险，看来得出境躲一躲了。他吩咐手下：“把罗彪叫过来。”罗彪是他的堂弟，早些年犯事蹲过监狱，是个心狠手辣的家伙。他找来罗彪，以防万一。

安排好一切，罗富给韩东川拨去了电话：“韩东川，见我一面，保你妹妹平安。”韩东川说：“我跺跺脚你就该知道我在哪儿。”罗富抬起头看着天花板。原来，韩东川的最后一处藏身地，就在首富集团大厦的顶楼置物间。所谓最危险的地方，就是最安全的地方。罗富有种被羞辱的感觉，他恼羞成怒，从柜子里拿出两把手枪，摔门而出。

韩东川坐在首富集团大厦顶楼的天台上，他拉开包，里面的钞票随风飘散起来。一道身影出现在他身后。韩东川没有抬头，继续看着天台之外。韩东川问：“你找上来干什么？”来人是冷凯。冷凯喊：“大哥，收手吧，警察就要来了。”韩东川转过头，站了起来，盯着冷凯。韩东川问：“我要是不呢？”冷凯拔枪：“那我绑也要绑你去自首。”韩东川说：“死我不怕，但是今天死的，不光是我。”韩东川指向了天台入口。

天台入口，罗富出现。韩东川、冷凯、罗富三人对峙间，只听孔辉的声音响起：“你打死了罗老大，我的五千万怎么兑现？”冷凯大怒：“你被罗富收买了？”孔辉拔枪，指向冷凯：“我说了，叫你别多管我的事！”从小相伴长到大的三个兄弟，现在要兵刃相见，韩东川心中五味杂陈，喊：“放下枪！”

冷凯怒目瞪视孔辉：“放下枪啊！”孔辉情绪激动：“我叫你们放下枪啊！”罗富掏出双枪，指向韩东川和冷凯：“来呀，大家都不玩了！”

郑义率队赶到首富集团大厦楼下，遭遇罗富的马仔阻拦，大厦电梯电源被切断，郑义一马当先，用警棍挡住马仔们的凶器，身后的同志们有序而上，摆出盾棍队形，将马仔步步逼退。郑义直奔为首的亡命之徒罗彪，两人且退且进一路打到楼道间。

郑义与罗彪缠斗一处，利用地形不停化解罗彪的攻势，罗彪抽出尖刀，刀刀直击郑义要害。郑义手戴警用臂盾格挡，不过身上衣服多处已被划穿。郑义一边招架，一边爬上楼梯，罗彪追了上去。郑义猛地转身，利用楼梯地形一脚将罗彪踢下楼，他快步跑上天台。

天台上，四人仍在对峙。郑义走向水塔，见四人对峙，迅速靠近四人。郑义喊："放下枪！警察！"

孔辉率先开枪，冷凯负伤，气势弱了下去，他正要还击，罗富按住冷凯的枪，韩东川转头开枪打伤孔辉，罗富开枪并制服了韩东川，局面顿时被打破。罗彪冲上天台，再次扑向郑义，他的匕首刀刀致命，郑义不断躲闪，赶上来的关洁持枪对着二人，不断调整呼吸，用力瞄准。她一直被郑义调侃佩着空枪吓人，是因为她在多年前一起案件中开枪不当，留下了心理阴影。

罗富将韩东川推到天台边："你操纵市场，现在我只要把你从天台扔下去，你就是畏罪自杀，你和你老爸死法都一样。你这几天玩命整我，所有人都知道我是受害者，最终胜利者还是我。”

罗富用力一推，韩东川滑落天台，被绳索挂在台边，生死一线。

郑义扑了上去，伸手去拉韩东川，后背却遭到罗彪的袭击，一把匕首刺入郑义后背，但是他依然没有松开抓着韩东川的手。韩东川喊：“放手！放啊！”郑义用力握住韩东川的手。

罗富快步跑向天台上的直升机，这是他准备的退路，他要躲一躲。罗富对着郑义叫嚣：“我知道你盯了我很久，你知不知道这个城市里有多少基金行买了我的债权和证券化资产！这座城，就是我的金钱堡垒！”

负伤倒在一旁的冷凯用尽力气扑倒罗彪，郑义拉起了韩东川。罗彪的匕首再次袭来，郑义躲闪不及，关键时刻，一声枪响让罗彪停止了动作。关洁拿着枪，颤巍的手慢慢放下，她终于克服了心理上的恐惧，重新掌握了枪支运用。

直升机已经开始转动螺旋桨，郑义冲了上去。罗富冲郑义开枪，企图阻挡他。

直升机已经升空，郑义又冲了上去，他一把跳跃，拉住直升机的悬架。直升机已经飞出双子塔天台，飞向天空。雾港的夜色璀璨，不过罗富此刻没有心情观景，他惊恐地发现郑义吊在自己的直升机上。

罗富操纵直升机，想要摆脱郑义。郑义死死抓住悬架，向上爬，他开枪击碎玻璃，反手拉开直升机舱门。郑义钻入机舱，罗富抽枪射击，郑义躲避，手中警枪掉落。

警枪从高空沿着摩天大厦掉落。二人在机舱里展开近身缠斗。直升机在高楼间不停旋转，场面惊心动魄。关洁焦急地从楼顶跑下来，从警员手里抢过对讲机。她身旁是一排警察，蓝红警灯闪烁。警员焦急地抬头看着天空中正在打转的直升机，仿佛下一刻它就要撞上高楼。

关洁的心都提到了嗓子眼：“请求支援！请求支援！郑队在直升机上！”关心焦急之情溢于言表。

罗富和郑义还在缠斗，子弹跳动，误伤仪表，直升机仪表发出红色警报。郑义中了枪，血汩汩而出，力气正在流失，他却死死抓住罗富握枪的手。罗富喊：“为什么，为什么不放过我？”“那些倾家荡产的人，你为什么不放过他们？”“关你什么事！”“你跑不了！”

罗富一拉操纵杆，直升机直往高楼撞去：“那就一起死吧！”

直升机就要撞上高楼。郑义脑海中闪现之前他和关洁的对话，对话在他脑海中不停旋转。“哪里有犯罪，就点到哪里为止……哪里有犯罪，就点到哪里为止！”郑义豁出全部力气，甩头将罗富狠狠撞开，罗富面部鲜血直流，郑义一手铐住罗富，一手去抢操纵杆。罗富阴恻恻地笑：“来不及了！这高楼有很多人陪我死，我从不做赔本买卖！”

郑义瞳孔放大，眼见直升机就要撞上去，他猛拉操纵杆，大声叫着，歇斯底里。

看着直升机直撞高楼，所有人都惊呼起来。关洁浑身都在颤抖，她用力扶住警车车门。直升机舱内，郑义大叫不止，拉动提升杆，直升机快速上升。

罗富问："为什么，为什么啊？"

"二货！你不是叫我点到为止吗？"

郑义的声音回荡在天空之中，他终于稳住了直升机，千钧一发之际，直升机斜斜拉上了天空，避开了高楼。直升机擦中高楼的一个角落，玻璃破碎，发出巨响，幸好里面没人。

危险终于解除，满身是血的郑义看了一眼地面，那里霓虹闪烁，繁华似锦。

警灯闪烁，映着关洁的脸。警员把罗富从直升机上带走，郑义从直升机上下来，走向关洁。

关洁因为激动咬紧了牙，她的脸颊上流下两行热泪。郑义说："这回不拿空枪吓人了啊？"关洁这次不想抬杠了，她哭着跑过去，一把抱住郑义。郑义想退后，被关洁一把抓住："哪里跑，不许动！"

郑义从地上捡起一个微型摄像仪，瘫坐在地上，问旁边灰头土脸的罗富："你是不是说没人能动你？你是不是说我们没有证据？"

这个摄像仪，是韩东川提前装好的，今晚天台上发生的一切，都直播出去了，包括罗富企图杀人、袭警、脱逃。韩东川提前录好的声音在城市大屏幕上响起："对不起大家，今天应该是韩博士最后一次为大家直播。谢谢。"大屏幕下面，是媒体记者和广大市民。

郑义看着上了手铐的韩东川，韩东川很有深意地看着郑义。灯光打在韩东川身上，郑义拿起韩东川留给他的证据硬盘。郑义昨天在一处发送视频的地点搜到了这个硬盘，里面正是韩东川手上掌握的首富集团的所有证据。上面贴着一张淡黄色便笺："郑警官：你要的证据。韩博士。"韩东川知道郑义能查到那里，他提前给郑义准备好了。郑义不觉哑然一笑，这可真够黑色幽默的。

黑夜终究过去，城市在阳光中苏醒。雾港市高速出口处，正要外出调研的副市长丁一佳的车被监察机关拦住，在他的职业生涯中，他总是让人给交代，这一次，他要给组织一个交代。

狱警打开了罗富所在的牢房门，黑暗的牢房里，只有天窗能射进一点阳光。罗富穿着囚服，面向墙壁一言不发。狱警拿出推子，将他的头发推得一根不剩，罗富仍然面无表情，任由头发掉落。

郑义提审韩东川，问："你信得过我？"

韩东川说："我信得过你。"

"为什么？"

韩东川说："你记得韩白山吗？"

郑义想起了当年的案件，当时他刚入警不久，接到一起坠楼自杀案，被所长叫去出现场。坠楼的男子名叫韩白山，因为遭遇荐股诈骗而产生轻生念头，在天台站了大约十分钟，任何呼叫、劝告均无效，消防还没来得及上前，他就自行从二十二楼跳了下去。人之一生，譬如朝露，如此短暂。郑义在围观群众当中看见了韩白山的一对子女，哥哥十七八岁，妹妹十岁左右，哥哥捂着妹妹的眼睛，二人坐在地上号啕大哭，闪着红蓝光的警灯映在他们的脸蛋上。一道警戒线将他们与父亲的尸体隔开。罗富当年非法操盘起家，韩白山是受害者之一。

年轻的郑义在现场进行勘验，他转头看到了哭泣的两个孩子。郑义用自己的衣服盖住了韩白山的尸体，他转身，和这两个小孩对视了一眼，释放出巨大善意。

韩东川对着郑义一笑，说：“郑警官，我就是那个男孩。”

白夜星辰

1.

像我这样职业写小说的人，离不开故事。

没有故事，就无法写出小说。我平日里写的都是警匪和涉案题材，接触的素材多是社会阴暗面，久而久之，对我自己的内心也有一定影响，外出与人交际，几乎成了难事。昨天我托友人的福，终于走出书房，外出交际。友人带我参加的，是本地一个“文艺局”，本地主流的创作者在一起聚会，大家交流心得，彼此切磋酒量。此地文风醇厚，酒风彪悍，自古“文”与“酒”便不曾分家，古有诗仙散人流杯相会，今有文艺局也合乎情理之中。

席间，新老朋友觥筹交错，兴之所至，有人提议大家伙儿挨个表演才艺，以助酒兴。于是诗人和词人举起了酒杯，挨个诵读了自己的作品。场中文风瀚渺，逸趣不穷，才子佳人，沉浸其间。轮到我时，便傻了眼，现场表演才艺，诗人和词人最是拿手，可我拿什么出来表演？我总不能说，来，我给大家读一本二十万字的长篇小说吧。没听完，不准走。

正当我处于尴尬之际，友人给我解围，说："你给我们讲几个破案故事吧，这你擅长。"

"讲故事也可以算表演才艺？"

友人点头："反正就是大家喝酒，图一乐。"他刚说完，随即醒悟，又叮嘱道，"对了，你别讲一些分尸案、碎尸案的啊，一会儿还有毛血旺和粉蒸肉要上。"

我正踌躇间，有位德高望重的长者发言了："我看你写过不少警察破案的故事，有没有平日'少见之警察'的故事？"

"没有。"

席间有人立马反驳："有！听说有个部门，基本上不会露脸。"这里我要给大家交代一下，我是学法律出身的，非常清楚他们说的是什么部门，这个部门确实没有太高的曝光度。

这个部门主司打击恐怖和极端主义犯罪，在省厅建制为"反恐总队"，市一级为"反恐支队"，县一级有时候将特巡警大队和它合并在一起。

那就从我一位供职在反恐部门的男同学讲起吧。我和他在大学相识，颇有交情，毕业之后被分配到了一个城市，我依着自己的性子，应聘到了电视台，而他则通过招警考试，进了省厅反恐部门。那之后我们见过几面，他在同学聚会上像个小透明一样，不显山不露水。他说，从事反恐工作的人，要有一辈子都站在幕后的决心和毅力。

我写过很多年轻人的故事，他们有爱情的悲欢离合，也有事业和梦想，可是二十多岁的少年在现实里终究会长大，三十多岁才是人最难的时候。毕业这么些年，我和我的这位同学已经进入了“男过三十”的中年阶段。三十多岁的男人，上有老，下有小，事业处于瓶颈期，工作疲于奔命。我们内心热血已退，早就看清生活的真相。

那么，三十多岁的反恐干警，又是怎样的状态？大家看多了二十多岁的青春偶像警察剧，难道不想看看人到中年的警察？他们也是平凡人，也有三十多岁的困境。

我们总觉得与反恐相关的犯罪离我们很远，那恰恰是因为反恐干警在幕后做出了勇敢而坚决的斗争，才让我们得以安然晒在太阳之下。我们的相安无事和察觉不到，恰恰是他们付出努力的结果。

好了，现在我要讲的这个故事，关于一场眼部手术，关于人和人的接力，一场生与死的赛跑。

2.

踩在三十八岁尾巴上的宋宝飞此刻躺在自己的硬板床上，他在睡前喝了一大壶酒，现在酒意有点上头。宋宝飞从他所供职的酒厂里偷偷打出了上好的酒，他本来是想浇灭自己内心那嚣张的火焰，结果越浇越凶猛。

他抬头看了看窗外，远处的三江港口灯火通明，深蓝色的夜空之下，各色集装箱云集，装载着各种贸易物资的船只缓缓向港口靠拢，就像因游人在池塘边抛食而围拢的一群锦鲤。

港口产业园区正以日新月异的速度带动整个城市的经济发展。港口产业园区里都是新兴科技产业，唯独这个酒厂是传统行业。这可不是什么小作坊，这个酒厂很大，和远处靠拢的集装船只比起来，它就像一艘航空母舰。它的产值也很高，生产的各类酒畅销海内外。

在港口产业园区正式开发之前，酒厂就已经在这里了，它不光有自己的窖池、车间和大小生产线，还有自己的家属院、商业街区、伙食团等，厂门以内，自成王国，可谓闭环生息，自给自足。

政府曾经规划，把传统产业都搬迁他处，把新兴产业集中在港口产业园区，这样更有集群效果。2009 年讨论动迁方案的时候，有几种不同的声音，一说是酒厂历史久远，其中几个老窖池可追溯至明清，动之不妥；又一说是酒厂的原址靠近三江口的水源，一旦挪动，将影响生产；还有一说是如果动迁，可能引发涉稳事件。不幸最后一个说法应验了。当年的酒厂动迁事件引发了一场不小的群体聚集——酒厂的数百名员工浩浩荡荡冲向港口园区管委会，抵制迁址。

宋宝飞就在当年的示威队伍中。2009 年的宋宝飞还比较年轻，他几年前从部队转业回来，自己找过一些营生，但终究一事无成，最后通过熟人介绍，进了这家全市白酒产业的龙头企业。那个时候的宋宝飞很强壮，一米八的个头，在酒厂工人中显得鹤立鸡群。

酒厂要搬迁的消息像炸弹一样激起了三江口的水花，在老家属院里住了大半辈子的员工不干了，这以后上班得多不方便！其实上班不便不过是托词，最大的问题是酒厂的家属院产权和如何动迁补偿。这是一个很特殊的历史遗留问题。老厂长的上一任厂长，为了给中层员工谋点福利，就以酒厂修建厂房的名义向政府要了些地，然后员工集资一部分，酒厂出一部分，这样就修成了家属院。

酒厂的家属院有大几百户，现在听说要动迁，那总得有经济补偿吧，老老少少上前一问，结果却炸了锅，修建厂房和修建住宅，在土地使用性质和修建验收报批手续上截然不同，老老少少住了几十年的家属院，根本没有办理合法的独立产权。

是按照工业厂房动迁，还是按照住宅动迁？这关系到住户的重大利益。独立产权一个补偿价，非独立产权一个补偿价，开发方想少补偿，原住户想多要，久拖不决的矛盾最后演变成了聚集和冲突，再往后，就演变成了群体性事件。

宋宝飞在这次事件中表现得非常积极，他懂一些文化知识，还有一些军事技能，表现得和普通酒厂工人不同。他能和政府代表、开发方进行有效的谈判，还能接受采访，当然，他的发言里许多法律词汇并不准确。

有一种人就是喜欢闹。没理由没原因没诉求也没利益，反正就是喜欢闹，只要闹起来，只要出现乱子，他自己就舒服。

宋宝飞刚刚到酒厂上班，根本就没有任何利益牵扯，他既不是家属院需要动迁补偿的员工，也不是工厂里需要借题发挥要求加薪晋级的中层干部。有人问，你这么闹有啥好处？宋宝飞一副正气凛然的模样："好处？难道天底下所有的事都必须要用好处来衡量？难道就不允许有正义了？"

经过一轮又一轮的专业论证，政府方面逐渐清晰，酒厂保持原址，其实也挺好，谁说传统粮食产业就不能在新兴领域取得突破？谁说酒业就不能融入港口产业园区？以后可以在这个园区搞世界酒业博览会嘛!

不迁了也就不闹了，那些想要多补偿的员工突然像泄了气的皮球。宋宝飞更是失望了好几天。

然而让宋宝飞想不到的是，他在这场闹剧中表现出来的禀赋，竟然被境外一位“精神导师”看中，成为改变他一生的契机。

酒厂的酒糟香味儿飘散在港口上空，让夜晚多出一份醉人的惬意，也把宋宝飞的思绪拉回到了现实中。他今天如此心潮澎湃，是因为邮箱里收到了导师的一篇最新“文献”，文献里阐述了导师的最新“教义”。极具煽动力、充满极端主义的教义让宋宝飞更加坚信自己才是整个世界的拯救者。

这篇文献的每一字每一句都充满着煽动性，每一个论点都直击宋宝飞所代表的这类人。宋宝飞内心的火焰又被这所谓的教义激起，他告诉自己，必须听导师的话，必须忍，必须静待时机。等到恰当的时机出现，他和他的同伴将成为拯救社会的英雄。想到同伴，他顿时酒意睡意全无，他已经联系不上他的一个同伴了。这个同伴叫涂孟辛，比他小两岁。

宋宝飞用约定好的方式联系他，发信息、打电话，都没能联系上。宋宝飞有点担心，导师曾经说过，涂孟辛是坚定的，是不会动摇的。他隐隐觉得一定有什么蹊跷，便穿好衣服，下楼叫了辆网约车，前往郊区平顶山农场去找涂孟辛。

涂孟辛住在平顶山农场，这些年流行复古民宿，他抓住这个热点，将自己在山上的老破房装修一番，取名“原宿”。涂孟辛和宋宝飞是在导师的介绍下认识的，因为是同乡，两人被导师编入了同一小组。随着民宿逐渐火起来，涂孟辛的经济收入发生了变化，宋宝飞一直觉得他会甩开组织单飞——这种感觉在这几天特别强烈。所以当宋宝飞在涂孟辛的民宿里找到他时，二人对质得极其不愉快。

宋宝飞借着酒意，很愤怒地质问涂孟辛：“为什么不按照约定回复？你是生了二心，还是想另立山头？”涂孟辛今天晚上也喝了不少酒，他下厨做了几个菜，陪住店的客人喝了几瓶奥丁格啤酒，他酒劲上脑，有些醉意。他十一岁的儿子和他同住，男孩颇为懂事，在酒局结束之后，将涂孟辛扶回了二楼房间。

涂孟辛早些年和妻子离异之后，就一个人带着儿子，和儿子相依为命。他的前妻嫌弃他，他内心深处很是不忿，他发誓要给当初看不起他的人一个有力的回击。这些年他走南闯北，干过各种各样的工作，他咬着牙撑了下来，因为导师给他说了，他必定能出人头地。

屋里只剩二人对质。涂孟辛比宋宝飞矮得多，也瘦弱得多，面对宋宝飞雷霆霹雳般的喝问，涂孟辛显得气弱且紧张，他颤声说：“我这些天忙，现在是旺季，民宿有很多客人……”

“什么客人？你是挣这点钱的人吗？你难道忘记了我们一起向导师宣誓的话？”涂孟辛连话都没说完，宋宝飞就打断了他。

涂孟辛一听这话，更紧张了，他伸出脑袋，向阳台外张望，半山的大风又响又烈，吹得他脑门疼。这民宿依山而建，每间客房背靠山壁，而在卧室的落地窗之外，都建有一处休闲阳台。休闲阳台支出房间，可临云崖，放眼望去，视野极度开阔，由于半山常有雨雾，涂孟辛的民宿又以“云中浪漫”为噱头吸引顾客。

涂孟辛的神情像是做贼：“这些事，是能大声说的吗？你是不是喝酒把脑子喝坏了？”

宋宝飞一听涂孟辛竟然敢顶撞自己，顿时气冲脑门：“怎么说不得？自从你这破房子开始挣钱，你就像暴发户一样！”

涂孟辛神色变了变：“挣钱有什么不对？我孩子已经这么大了，难道我要一辈子跟你一样穷？”

宋宝飞大喝一声，扑了上去，两个醉鬼扭打到了一处。涂孟辛根本来不及闪躲，就被宋宝飞掐住了脖子，被推倒在地板上。

二人翻滚之间，从室内打到了阳台上。涂孟辛抓起旁边的绿色啤酒瓶，用力地砸向宋宝飞的头。“你个王八蛋敢还手砸老子，是活得不耐烦了！”涂孟辛缩在阳台的护栏边，强撑道：“我不想继续了，就当看在孩子的分上，你们要怎样才肯放过我！”

宋宝飞喊：“把你吃掉的经费吐出来！”涂孟辛脸色吓得惨

白，这事儿怎么被宋宝飞知道了？

涂孟辛颤声道："你他妈可别瞎说！导师的经费我都发放给下线了！"

宋宝飞看他神情，心下再无怀疑，他大踏步上前，准备清理门户："都发给下线了？那你这民宿修建、装修的钱，难道是天上掉下来的？"他简直怒不可遏，涂孟辛这王八蛋，不光私吞经费，还骗自己，这人挪用组织经费，修建了自己的民宿，现在挣钱了，就翻脸不认人，想要断绝和组织的联系。

宋宝飞倒吸了一口气，铁臂伸出，重重一拳打碎了涂孟辛手中的啤酒瓶，他拳头满是血，顺势掐住了涂孟辛的脖子，一字字道："把经费吐出来，别逼老子杀人！"二人身高、体形悬殊，宋宝飞把涂孟辛举了起来，重重抵在阳台的护栏上，涂孟辛脊背一阵剧痛。涂孟辛嘶声道："来啊，你有种杀人啊！"

宋宝飞的手松了一松，他接受了导师的教义，加入了组织，早已练就铁石心肠，可是他和涂孟辛毕竟相识多年，涂孟辛曾在他窘迫的时候接济过他，他一时竟下不了手。涂孟辛却认为宋宝飞是没有杀人的胆子，反讥道："别他妈装了，你这个夙货，你要是有胆杀人，老子就告诉你经费在哪儿！"

宋宝飞把涂孟辛狠狠撑在阳台护栏上，涂孟辛半个身子都悬空在外。宋宝飞喊："你别激老子！"蓦地，只听一声金属断裂的声音，阳台护栏垮塌，涂孟辛向后仰倒，摔出了阳台。伴随着撕心裂肺的喊声，他整个人被山间的云雾吞没。黑夜一下子收走了涂孟辛的生命，只留下宋宝飞呆立当场。他脑子里一片混乱，他使劲想从导师的文献里找到解决之道，可是导师的“训谕”只告诉他要忍耐以待时机，要传播学说，要发展信众，要牺牲自己。

导师没告诉他，杀了同门，该怎么办。

3.

宋宝飞和涂孟辛的案件，就像一锅药材的一个引子。正因为这个引子，才拉开了这个故事的序幕。涂孟辛的尸体很快被登山客发现，刑事侦查部门快速介入，侦查中发现此事涉及境外一个被国际定性的恐怖组织“骷髅”，以及组织里“赫赫有名”的精神导师，于是线索从刑侦部门通报到了反恐部门。

省厅负责侦办该案的大案科长叫顾动，三十岁出头，是政法大学的科班毕业生。顾动接到命令后，就带人去刑侦局了解情况。刑侦局一半都是他的同学，寒暄一阵后，他请同学们喝咖啡，然后迅速取得了案件资料。验尸报告显示，死者涂孟辛生前曾与人打斗、抓扯，指甲及伤口组织里发现了另一名男子的生物信息，脖子上有一道掐痕。

结合现场勘验发现的痕迹来看，死者和行凶者应当认识，而且很熟，死者是把行凶者“请”到了房间的椅子上坐下。烟灰缸里有烟头，提取到两个不同生物信息，说明是两人在场，经过短暂交谈，这才翻脸动手。

刑侦的干警走访了现场的其他人员，涂孟辛的儿子哭得死去活来，在稍微冷静之后提供了一个重要细节，他父亲的一个朋友，当晚喝了酒来找他父亲。至于这个朋友是谁，涂孟辛的儿子称不认识，是第一次见到。

涂孟辛的儿子告诉警察，他在一楼自己屋里睡下后，被一声巨响给惊醒，随后楼上安静了一阵，他听见了零星的敲打地板声，再然后是关门声。

老同学告诉顾动，涂孟辛的民宿里没有监控，所有的摄像头都是应付检查用的，形同虚设。这可真是奇了怪了，现在居然还有不装监控的建筑物。就算要打造一个远离科技的复古文艺场所，可是作为旅店经营者，自己总得掌握公共区域的情况吧？俗话说，事出反常必有妖，顾动眉毛一挑，看来这涂孟辛平日里有太多见不得人的东西啊！

老同学笑了，对，顾神探，你猜得对。你看，这是搜查笔录，在涂孟辛的房间里发现了许多骷髅组织所谓的教义文献、非法书籍，他的同伴想必将这家民宿当作了聚集之地。为了保证绝对安全，躲避侦查，他们拆掉了所有监控。

顾动把资料推回给正在喝咖啡的老同学，说，既然他的同伴把这里当作聚集之地，那么你们肯定查过死者最近的联系人了。

老同学打个响指，警方确实从涂孟辛的通话记录里发现了一个多次给涂孟辛打电话的人，涂孟辛一直没有接，结合另外的短信、微信等，涂孟辛明显是故意不接，而涂孟辛躲避此人的原因，在于对方说他拿了“不该拿的钱”。

顾动雷厉风行，已经吃下了所有材料，思忖这案子并不复杂。犯罪嫌疑人基本能锁定，稍稍一查，此人有前科，和现场的生物信息能匹配，还和涂孟辛认识。

杀人者，宋宝飞。

“得，这案子给我吧，我改天再请老同学们吃饭。”顾动掏出手机，请示上级，接到了厅领导指示，那就移交过来，由顾动队里整合警力来侦办。顾动于是向领导要人：“把赵渝给我借调过来用一段时间吧。”

赵渝比顾动小六岁，两人在长年的办案中结下了深厚情谊，彼此也知根知底。在一个酒精冲脑的午夜，顾动主动提出要给赵渝介绍女朋友。

赵渝也不客气，反正领导说了就要兑现，第二天一早就跑到顾动办公室“要个说法”。顾动完全忘了前一晚的信誓旦旦，但碍于他作为科长的面子，不好失言，于是施展缓兵之计，提议晚上再撸个串，从长计议。当时，顾动带着科里两个年轻人，与赵渝在城西一处烧烤摊见面，赵渝来势汹汹，颇为“饥渴”，既然领导说了要解决个人问题，起码指条明路。

“顾不动”依然不动，顾左右而言他，便在这时，他亲妹子顾婷不合时宜地来寻他，告知他父亲突发眼疾入院。顾婷比顾动小五岁，在某著名医学院硕博连读，刚刚毕业，正在实习。

就这一刻的相见，赵渝仿佛被丘比特之箭狠狠射中。顾动虽颜值平平，可他妹子顾婷眉目如画，神采奕奕。赵渝一拍脑袋，没大没小地问道："领导，你确定你不是你家捡来的孩子?"

41.

说回宋宝飞，在经历了涂孟辛的死亡后，惶惶不可终日，对于境外导师发给他的各种深刻教义，也无心继续朝暮诵读。涂孟辛的孩子已经大了，可是宋宝飞自己的儿子还小，加上老婆没工作，对于即将面临的刑事责任，他感受到了前所未有的恐惧。于是，宋宝飞不顾纪律要求和约定的联系时间，启用了紧急联系方式，给境外的上线打去电话，希望能把自己弄出境去，不光自己要出境，还需要带上老婆孩子。

境外的头目皱了眉，这是咋的，啥实际工作也没办成，弄死一个组员，还想拖家带口地移民？当我们是善堂？宋宝飞立刻慌了，为了证明自己的价值，他声称自己得到了涂孟辛手里的“大秘密”，如果他不能及时离境，恐怕后患无穷，宜迅速解决问题！

电话那头冷笑一声，然后就收了线。惶恐中的宋宝飞接连几日没等到境外的通知，变得狂躁而易怒，他不出家门，终日酗酒，发起狂来连妻儿都要揍。

他不知道的是，正因为他急于向境外求助，露出了马脚，被侦查部门查知他有跑路的打算。情况层层上报，省厅经过深思熟虑的研判，认为应当先行截住宋宝飞。此人有重大作案嫌疑，扣下宋宝飞，就能撕开境外骷髅组织对我境内宣扬恐怖主义、极端主义并煽动实施恐怖活动的一个口子。

于是，就在宋宝飞连日狂躁并幻想飞越大洋之时，顾动和赵渝带人从省城锦川赶赴三江市，并在抵达当天就围上了宋宝飞借居的酒厂宿舍楼。

传唤普通对象，对于顾动和赵渝来说早已轻车熟路——派两名干警同行，若是口头传唤则需带上证件，若是书面传唤则需带齐法律文书，上门敲门，依法定程序告知，旋即带走。

可是这一次却有些不一样，对于这一对熟手搭档来说，也显得特别棘手。顾动不爱动，心思却很细，在抓捕之前先对宋宝飞进行了刻画，分析他此刻的心理活动。此时的宋宝飞深陷负罪情绪之中，对涂孟辛的死亡惊恐不已，几成惊弓之鸟，他急于脱身，势必不会乖乖就范。此人服过役，懂点军事知识，在家里制作过简易爆破装置。他身材高大，身手了得，加入境外骷髅组织，领受过极端思想，情绪狂躁易怒。

只能静待时机，必须一击即中。诸警在会议室里稍事休息，男干警罗田不敢熟睡，怕打鼾影响他人，只趴着养神。女干警张小婧悄悄塞给他一颗糖：“吃吧，薄荷糖吃了就不打腼。”这点细节被顾动看在了眼里。这两人年纪相仿，各方面条件也般配，队里领导多次想要撮合二人，二人却总是不好意思。

紧张的氛围仍然笼罩着顾动，他感觉颇有压力，只好转移注意力。他突然想起父亲住院的事，便给顾婷发去信息，让顾婷明天一早到自己房间，书柜第二排的《理想国》里夹着他的工资卡，拿去医院刷，把父亲住院的钱续一续，他媳妇要照顾儿子，又要上班，最近都忙疯了，只能请妹妹多分担父亲的事。

顾动的媳妇黄静，是浙江嘉兴人，来锦川上大学，毕业后留在锦川电视台工作，后来经人介绍认识了顾动。媳妇很是贤惠，顾动随时都在案子上，家里的大部分压力就落到了她身上。

顾婷没回他，想来已经熟睡。顾动父母当年超生，丢了公职，后来靠经营长途客运车供兄妹俩上学，其间辛苦不言而喻。现在父亲年纪大了，也不开车了，老两口领了社保养老，来省城给顾动接送孩子。

三十岁的男人可真是上有老，下有小，手上撑着伞，自己淋着雨。顾动时常庆幸家里还有个懂事的妹妹，他自己工作太忙了，很多事都顾不上。

顾婷大学时有过一段不成功的感情，从那以后就一直没再考虑找对象。这个赵渝，也不知道追求顾婷追求得怎么样了，姑娘大了，心事就不给人说了，顾动也不知道顾婷心里是怎么想的。

漫长的夜晚终于过去，翌日，宋宝飞的老婆带着孩子出门了，盯着门口动静的侦查员从望远镜里看到了这一切。

顾动的方案很简单，等宋宝飞老婆带孩子外出，确定家里只有宋宝飞一人的时候，顾动调来一台日产尼桑车，让便装干警张小婧开着车，往宋宝飞的停车位上开去。在宋宝飞的停车位上，停着他的一台老式桑塔纳。

两车轻微相撞，随即张小婧上楼叫门，说抱歉，把你车撞了，要不一起下楼看看，能私了就不走保险公司了。张小婧扮演一名刚拿驾照的女司机真是惟妙惟肖，惊慌中带着歉意，歉意中包含诚意，诚意里体现着赔钱的意愿，这就大大降低了宋宝飞的戒备心。

片刻后，宋宝飞穿上衣服，走到楼下车位上，他蹲下身，仍然警惕地向后张望，在确定周围没有异动之后，他这才正视两车相撞的情况。他绕着两台车转了一圈，就挂掉点漆，这小丫头有什么好大惊小怪的，不过这样也好，讹她点钱，给她点教训，以后练好了技术再上路。

蓦地，宋宝飞全身一颤，像是发现了什么可怕的事，他猛地扭身，转头就跑。

“快！抓住他！”埋伏在附近的罗田带着干警扑了上去，宋宝飞腿长步宽，两三步就跨上了楼梯。他逃跑的方向不是向外，而是跑回自己屋里，所有人都看得明白，他是为了握住屋内的自制爆炸装置。对于他来说，只要握住这个东西，就像是有了护身符！

宋宝飞大口喘着气，跑到了三楼他的屋子门前，他握住门把手，就要开门。只要一开门，张小婧辛辛苦苦诱调他出来的努力就白费了。只要一进屋，宋宝飞必定会用屋内的自制爆炸装置和大家来个鱼死网破！

蓦地，一道人影从四楼楼梯上跃下，来人快步上前，从后面按住了宋宝飞开门的手。宋宝飞用手肘猛力向身后砸去，他用足了全力，只见来人低头一闪，拦腰把他抱住，紧接着一个扭身抱摔，二人同时着地，重重地向长过道摔了出去。

来人正是顾动。在张小婧上楼叫门之前，他已经先行来到四楼静候，就是为了以防万一，一旦出现问题，他能第一时间堵截宋宝飞返回屋内！

宋宝飞从地上爬起，一摸腰间，皮带上竟然插着一根自制雷管，他大喊："来啊，一起死！"这根雷管虽然不大，可是在如此近的距离之下，炸伤两个人还是没什么问题。这就有点狗急跳墙要玩儿命的意思了。追上来的张小婧和罗田吓得愣了一愣，还是赵渝老练，立马拔出了配枪。

"都别过来！"顾动离得最近，他想也没想就扑了上去。他死死按住宋宝飞握着雷管的手，用肩膀顶撞宋宝飞，二人随即向身后的楼梯滚去，在滚落中二人扭作一团，摔得天旋地转。

赵渝追了下去，心中默念：顾不动你可别出事，不然顾婷非得宰了我！

二人摔停在楼道里，也不知道顾动用了什么手法，已经从宋宝飞手中夺过了雷管，他翻身压住宋宝飞，摸出手铐将宋宝飞铐住。

张小婧等人瞪大了眼，我去，顾动不动则已，一动原来这么厉害。

5.

就这样，宋宝飞成功到案，在结束了第一次讯问后，随即被押送回省城，被刑事拘留在省第三看守所。

宋宝飞被刑事拘留之后，起初还负隅顽抗，直到顾动将从他家中搜查而来的证据摆在他面前，他终于明白刑责难逃，为求立功宽大处理，交代了一个重要情况：有一小撮危险分子蛰伏在我大陆境内，具体人数不明，而涂孟辛手上有一张口令卡，负责在暗网进行经费的发放，找到口令卡，就能破译名单。

“口令卡？有多大？什么样子？”“类似一个U盘的样子。”

“谁是你们的最高上级？”“我没见过他，我听涂孟辛说过，那人代号‘老头’。”

“那是谁杀了涂孟辛？”“没人杀他，他是失足掉下去的！我那天是去问他要经费！我没有杀人……”

顾动扔出一份尸检报告：“宋宝飞，在涂孟辛的尸体上，检验出你的DNA（脱氧核糖核酸），从痕迹上看，你们有过抓扯、打斗，现场还有血液。”

宋宝飞猛地挣扎，想要站起：“我发誓，我真的没杀他，我是和他打了一架，我们有抓扯、打斗，对，我也流血了，可他是自己掉出护栏的！”

宋宝飞的思绪回到了当时的场景之中，他撑着涂孟辛，掐着对方的脖子，对方被死死地抵在阳台护栏上，就在他收回手臂的一瞬，蓦地，只听一声破裂的声音，阳台护栏塌了。跑！一个念头从脑子里跳了出来，必须赶紧离开这里。他杀气腾腾而来，和涂孟辛发生争执、扭打，可是他明明已经收手，涂孟辛怎么就突然摔出了阳台？

这下跳进黄河也洗不清了。就算涂孟辛的死跟自己没关系，可这案子警方一旦介入，他们别的罪行也会暴露。他酒精上脑，必须赶紧离开现场！

宋宝飞声泪俱下，自己真的没有杀涂孟辛，自己真的已经收了手，他根本不知道出了什么事，他只能仓皇而逃。

“真是他自己掉出去的！”宋宝飞的眼睛满是血丝。

顾动盯着他：“宋宝飞啊宋宝飞，你再想想。”

宋宝飞努力控制住自己的情绪，说：“我真的收手了，我把他撑到了阳台护栏上，可是我最后放弃了，我没有想过要杀他……真的真的。”

“你有没有从涂孟辛屋子里带走什么东西？”

“没有！我当时吓坏了，根本顾不上！”

“行，今天就先这样吧，你的事不少，你别急着撇清你和涂孟辛的死之间的关系，现在唯有坦白才是正途。”

当天的审讯时间到了，随着看守所铁门落下，宋宝飞被交到了管教民警老蔡头的手里。老蔡头是个有经验、有资历的老管教，在看守所里处理过各种“妖魔鬼怪”的事。

顾动的上级郑新立副总队长专门给老蔡头打了个电话，叮嘱他对这名犯罪嫌疑人要格外小心。他二人打了多年交道，彼此熟知，老蔡头在电话里开玩笑：“怎么，我要退休了，你们队里还给送个棘手的活儿？想让我晚节不保？”

因为发生凶案，民宿这几天已经停业，门口还拉起了警戒线。顾动等人复勘案发现场，他们下车后，向看守人员出示证件，便上了二楼。涂孟辛的房间是一间新中式风格的套房，古朴中带着一点禅意，角落里还放着绿植盆栽。地板上放置了不少数字序号，用以标注各种现场痕迹。复勘现场进行得很顺利，上一次现场勘查基本上已经把所有有用的信息都涵盖了。

赵渝翻动手上的第一次现场勘查报告，那张能连入暗网的口令卡，并没有在现场找到。这么重要的东西，涂孟辛必定随身保管，不大可能藏到他处。赵渝还从涂孟辛的购物记录里发现他经常购买同一款式的高跟鞋。一个光棍，买高跟鞋干什么？

顾动走到了阳台上，山间的风吹得正劲，他戴着手套，摸了摸阳台护栏的断口。顾动蹲下身，观察地面上固定护栏的螺丝孔，仔细地把每个螺丝孔都检查了一遍。坍塌的那几根护栏已经随着涂孟辛的身体掉进了山崖，护栏被拔起，带走了水泥地里起固定作用的螺丝，只留下了地面上几个空孔。

顾动猛然发现了问题所在："根据现场的痕迹，宋宝飞和涂孟辛靠得很近，宋宝飞所站的位置十分靠近阳台护栏，也就是说他并没有说谎，他是掐着涂孟辛，把涂孟辛撑到了护栏上。"

张小婧问："这有什么奇怪的吗？"

赵渝缓缓道："怪就怪在这个距离，我们都知道，要产生一定的击打力量，必须要有距离，如果靠得太近，是没有办法发出较大力量的。当时宋宝飞把涂孟辛按着贴在护栏上，两人几乎是处于静止的状态，他怎么可能通过近距离按压涂孟辛，把他背后的护栏给弄塌？这可不是武侠小说里的'隔山掌'啊！"

顾动又调来涂孟辛孩子的笔录，笔录里说，那孩子在一楼自己屋里睡下了，他被一声巨大的声响给惊醒，随后安静了一阵，他听见了零星的敲打地板声，再然后是关门声。

顾动看着赵渝，目光灼灼："我也发现了这个问题，只是当时没有办法和宋宝飞的口供进行印证判断。"

罗田说："响声应当就是涂孟辛摔出阳台的声音，可是为什么还有敲打声？宋宝飞说，他当时吓破了胆，立刻就跑了，哪里还有时间来敲打?”

顾动来到一楼涂孟辛孩子的房间，孩子的房间就在涂孟辛房间楼下，房间很温馨，柔软的卧床上放着刚换的被子，被子上还有一阵清香。案发后，孩子被接到亲戚家住了。顾动在孩子房间里走动，他抬起头，看着天花板。那天晚上孩子睡着了，无论如何不会知道，在他的房间楼上，自己的父亲正在经历惨案。一声巨大的声响将他惊醒，但是他并没有立即上楼去查看，而是听着楼上的动静。

楼上很静。顾动陷入沉思，这孩子后面听见的敲打声，到底是什么？蓦地，顾动听见了楼上赵渝等人的脚步声。他猛地反应过来，当晚孩子从睡梦中惊醒，神志并不完全清醒，他听见的可能不是敲打声，而是谁的脚步声！

有第三个人进入过现场！

6.

忙活了一夜，顾动天亮才收工，他抵达医院的时候正是中午，他一进病房门就发现顾老爷子没在房间里。屋外阳光正好，顾老爷子自行晒太阳去了。

顾动从病房窗户望出去，看见顾老爷子戴着眼罩，伸直了胳膊和腿脚，坐在医院院子的大槐树下。他一边晒着太阳，一边吃着儿媳妇黄静送来的粽子。

顾动皱起了眉，又是粽子。黄静是嘉兴人，喜欢包粽子，一年四季都喜欢。可是顾动并不喜欢吃粽子，每次黄静包一大堆，顾动很艰难地配合着吃，一吃就是几个月。

顾老爷子吃粽子吃得起劲，像个小孩子，顾动心中一暖，下得楼来，走近问他：“我妈呢?”“你妈回家休息去了。”“我妈和顾婷胆子真大，把你一个人扔病房?”顾老爷子向来比较有个性，道：“我图个清静，我乐意。”

顾动问：“医生说你眼睛有啥毛病?”顾老爷子说了一串专

业词汇，顾动听得头都大了，他在心中自动进行了忽略，最后顾老爷子进行总结，总而言之："就是视力可能会保不住，得等着做手术。"

顾动这下吃了一惊，忙问："那什么时候做手术？"

"得排队，专家号。"

"排队期间，病情会不会恶化？"

顾老爷子说："那就不知道啰，要不你找找人，走个后门，早点安排下。"

顾动一挠头："我是抓人的啊，找人这事儿是不是顾婷更有优势？她学医的。"

顾老爷子叹口气："顾婷刚刚实习完，工作还没定，啥关系没有，能办什么事？"

顾动摸着脑袋，对这件事有点犯难。要说查个什么线索抓个什么人，他是一把好手，可是要说到医院找人走个后门，这可比较难办，况且顾老爷子现在住的是业内顶尖的医院，几个专家的手术能从年头排到年尾。

顾动半天没说话，顾老爷子意识到这事给顾动压力了，忙笑着安慰说："跟你开玩笑的，罢了，原也没指望能有这特殊待遇，眼睛看不见了也好，我不想把这世界看得太清楚。"

顾老爷子这安慰人的本事也算登峰造极了，顾动从来没见他安慰人成功过。这话不说还好，一说差点没把顾动的心给扎穿。他愣了半晌，才说："哦，我找厅里反映反映。"

顾老爷子问："今天顾小宝下课早一些，你媳妇接上他，能来医院看看我不？"顾动说："他晚上要写作业。"顾老爷子有些失望，说："哦，那帮我把这个拿回去给他。"他从衣兜里掏出一个草编的蚂蚱。顾动拿着草编蚂蚱愣了愣神，他记得小时候，父亲带他去城里赶集，他走得累了，父亲把他放到两肩上骑着，塞给他一个草编的蚂蚱，那时候没什么玩具，一个草编蚂蚱就足以让他高兴半天。

老爷子的手艺不减当年，草编蚂蚱栩栩如生。顾动故作嫌弃道："你眼睛有问题，就歇着，编这玩意儿耗神！"顾老爷子有点窘，他嘴上非要倔："我才没那工夫，这蚂蚱我买的！"

"哦？多少钱一个？再给我来两个。"

顾老爷子打死逆子的心都有了，看穿不拆穿！

同样的难题也交到了赵渝手上。赵渝约会顾婷，两人一起吃火锅，顾婷便将顾老爷子想要插队做手术的事说了。赵渝心想，顾动确实比较宅，生活也单一，没什么社交应酬，指望他在医疗卫生系统找朋友走个后门，不大现实。更关键的是，顾动这人比较一根筋，让他去找人插队加塞，他觉得是在破坏公共秩序，委实拉不下脸来。

"这事有点难办，可也不是完全没有希望。"赵渝在心中盘了一遍自己的同学、好友，看有没有哪位祖上冒烟能和顾老爷子就医的那家医院沾亲带故的。想想，这事顾动摆不平，要是自己能摆平，那顾老爷子对自己的好感度自然上升不少。

他心中一乐，把涮好的牛肉夹到顾婷碗里，才发现顾婷的油碟里漂着葱花，清澈澈，从开吃到现在，她一筷子也没动。

赵渝看着锅里的热汤，沉吟了半晌，说："爸这事我来办，我想想办法。"

顾婷脸上一红，一筷子打他脑袋："这就改口了？"

赵渝说顺了嘴，不慎把"狼子野心"暴露了，他赶紧把锅里的菜捞出满满一勺，有肥牛有毛肚有凤爪什么的，全放顾婷碗里，顾婷还什么都没吃呢。

顾婷说："你可别吹牛啊。"赵渝有点下不来台，立了个军令状，说："我要是这事儿办不好，我也不改口了！"

"少来，改口这事儿我爸说了不算，我说了算。"顾婷忽然从兜里拿出一根银饰项链，递给赵渝。赵渝问："这啥？"他拿起一看，项链上有个银制吊坠，形状还挺精致，是纸飞机样式的。"送你的。""为啥要送这？又不能涮火锅里吃，我们警察不能戴首饰。"赵渝嘴上虽然贫，心里已经乐开了花。

"没让你戴脖子上，你揣兜里不行啊？""这东西贵不？"赵渝问。顾婷说："不贵，我实习工资买的。""实习还有工资？"赵渝故意提高音量，"我实习的时候还倒贴钱呢，还是学医好呀！""别贫嘴！你帮我看好我哥，奖励你的。"

赵渝回到省厅招待所，他是市州局借调上来的干警，奉命进省办案期间，只能住在招待所里。他不停打电话找人，托了不少朋友，希望能联系上顾老爷子的主治医生。

“喂，三子，我跟你打听个人……不是谁犯事了，我找医生！你妈不是在××医院吗？什么，已经离职了？”

“岳大春儿，我赵渝啊，我有个事找你帮忙……”

几个电话下来，赵渝发现自己低估了这事儿的难度。顾老爷子就医的那家医院，是省里的顶尖医院，平日挂个号都难，更别说找某位专家插队做手术。这个岳大春号称“人脉通”，在医疗圈子手面极广，他后面还要出场，闹出的动静可不小。

“这省会的医院，庙可真大！”赵渝放下手机，有点气馁，没辙了，等朋友们回话吧。他洗了澡，倒在床上，把玩了一会儿顾婷送的纸飞机吊坠，然后拿起枕边的一本书，阅读总是能把一天的疲惫都清扫。赵渝做着梦，和顾婷一起去到了重庆，两人在朝天门码头登上了夜游船，去两江游览夜景。朝天门在历史上赫赫有名，是古时迎接天子的地方，而今成为群众游览的胜地。顾婷一直想去重庆看看，去走一走祖辈曾经走过的山峡步道，吃一吃正宗的重庆火锅。

对于赵渝的热情追求，顾婷似乎一直没有正面回应过。二人最近的话题，是相约一起到重庆旅游。赵渝做了很多攻略，从洪崖洞到解放碑，他把重庆好吃的好玩的都记录在了小本本上，想着有朝一日能和顾婷一起去游览。

然后在重庆的过江索道上，他会正式向顾婷表白，就像《疯狂的石头》里开场的谢小盟。美好的偶像剧瞬间崩塌，转而成为喜剧，赵渝在梦中笑出声来，然后他听见自己手机响了。

他顺手抓了起来，以为是三子或者岳大春找到了给顾婷爸爸插队手术的关系人，他赶紧揉了揉眼睛，让自己清醒过来。

电话那头的声音很急促，是顾动。

顾动说："快，别睡了，宋宝飞出事了！"

7.

所有人都知道，看守所老蔡头快要退休了，在他的职业生涯里，没有出过任何意外，没想到临到退休了，反而闹出一桩比较棘手的事。

看守所方面和专案组方面的大伙儿都赶到了会场。副总队长郑新立已经在会议室坐着了，原定由顾动召开的专案会，一下子变成了应对突发事件的商讨会。顾动、赵渝、张小婧、罗田等人赶到的时候，郑新立正在给老蔡头宽心。

看守所的副所长王鹤坐在郑新立对面，面色不大好看。老蔡头将突发事件进行了汇报，一五一十地介绍了宋宝飞昨天晚上的奇怪表现。

昨晚，宋宝飞觉得眼睛不舒服，向管教民警报告说无法入眠。管教民警出于好心，问他需要点什么。宋宝飞称自己眼睛高度近视，并且长年患有炎症，要了热水和干净毛巾。

他用热水打湿毛巾后，热敷了他的眼睛，据说得到了一定程度的缓解，随后就寝时间到了，所有在押犯罪嫌疑人都得服从规定就寝，唯独宋宝飞在隔间里打坐，经过老蔡头警告，宋宝飞才躺卧下去。半夜，宋宝飞突然坐起，全身抽搐，右眼受伤流血。

所有人的目光都集中到了王鹤身上，王鹤说道："驻所医生看过了，视网膜损伤造成视力严重缺失，是符合取保候审条件的。"

老蔡头补充道："但是，如果是故意自伤自残的话，是禁止取保候审的！"

王鹤在桌子底下用力拉了老蔡头一把，意思是：这人如此棘手麻烦，办理取保候审之后，放出看守所去，就该顾动他们部门自个儿管他了。

王鹤一展眉："给办理取保候审吧，让他好生就医去，现在医学发达，视网膜损伤不是什么大事。"

"你！"赵渝差点要发作，现在案情如此复杂，到底有多少人潜伏都还不知道，那个藏得极深的上线"老头"还没有浮出水面，要是放宋宝飞出去，鬼知道他会不会跑风漏气！

会议讨论了半天，得出意见：保障宋宝飞的就医权利。

那么问题来了，谁来保障他的就医？

只听顾动一字字道："服从命令听指挥，这件事我们接。"

郑新立神情欣慰，舒展地将后背靠在椅子上，不错不错，能理解我用意的，果然还是只有顾动这小子。顾动问："那我们下一步做什么？”

郑新立说：“联系光明医院吧。”

“哪家医院？”顾动以为自己听错了，这名字有点熟悉。

郑新立又说：“光明医院，你们拿着队里的介绍信，去找专家插个队，宋宝飞这眼睛，只有那里能治。”

郑新立又补充了一句：“光明医院是省里最好的医院，庙比较大，根据以往的经验，即便是拿上介绍信去公对公，也可能需要等待一段时间，毕竟病人很多，需要协调专家的时间。如果是那样的话，你们找一找各自的朋友、同学、亲戚什么的，有没有人认识光明医院的人，这样有个熟人在里面协调，能事半功倍……”

顾动不说话，依然不动如山的样子，也不知道内心在想什么。

赵渝差点背过气去。宋宝飞这王八蛋自己弄伤了眼睛，队里出面给他找医生，队里保障他就医，还找的是光明医院的专家，不光如此，还要自己发动私人关系来帮忙，他刚刚帮顾婷找了人，知道这事儿难度不小，他张口就开炮：“这什么待遇，人家顾不动……”

顾动一把捂住了赵渝的嘴巴，赵大炮，够了够了，一会儿吃不了兜着走。

赵渝的下半句生生给吃回肚子里，他气愤难平。等郑新立散会出了房间，他不吐不快，大喊：“顾不动他爹还没插到队呢，凭什么啊!”

宋宝飞的检查结果出来了。会议室里的郑新立等人看着报告单。郑新立耐着性子看完，转头问顾动：“这都说的啥?”顾动连自己老爹的报告都没研究，哪能认真看这个，隔行如隔山，纠结这么多干吗，直接翻结论——右眼孔源性视网膜脱离。

赵渝和张小婧带宋宝飞去做检查，检查医生也给出了建议，目前宋宝飞的视网膜并没有完全脱落，只是脱离后产生了一些蜷缩，通过精密的眼部手术，可以把视网膜摊平，然后使用硅油固定，让视网膜重新生回眼球，不过能进行这种精密手术的，得是专家级的医生。

顾动说：“既然决定了要保障宋宝飞就医，那么我们需要好好准备，明天赵渝和张小婧去联系一下医院，和专家预约一下，再走一次‘绿色通道’。”

“我来说吧，”郑新立指示，“在这期间，赵渝你们去提审宋宝飞，让他知道自己病情有多复杂，如果没有我们帮助，他可能面临失明的危险……”

赵渝说：“放心，我会的。”

郑新立又说：“你务必要向他示好。”

“好的。”

“你要用春天般的温暖……”

赵渝：“……”

郑新立接着说："这个犯罪嫌疑人，陆卫国教授可以治。"

顾动和赵渝一抬眉毛："领导你已经知道了？"

郑新立并不接话，继续说道："陆教授的手术已经约好了。两天后，赵渝、顾动、张小婧和罗田负责押上他，到光明医院五楼最东边的诊室，那里有一个专门给他留的手术间，他将接受全身麻醉，然后进行手术，手术的时间估计是两个小时，你们安排两名警力守在外面。"

"是。"顾动说。

郑新立接着说："手术完成后，麻药效力未退，估计得观察两个小时，这个时候赵渝和张小婧把他推到六号专用电梯，然后接到二楼靠西面的二〇一看护病房，到了看护病房后，他会在下午五点左右清醒，然后说自己眼睛剧痛，并伴有剧烈颤抖、呕吐，这时候张小婧就去坐专用电梯，上五楼找陆教授……"

顾动越听越疑惑，他看了看赵渝，领导今天这是什么情况，诸葛孔明运筹帷幄啊？赵渝回他一个眼神：这可不是运筹帷幄，这是未卜先知吧。

郑新立有意无意看了赵渝一眼，赵渝赶紧闭上了嘴，他继续说："然后，宋宝飞会给你说，他有重要的线索要告诉你。"

"什么线索？"赵渝警惕地问。

郑新立面色凝重："我怎么知道是什么线索？"

顾动问："那领导您怎么知道……"

郑新立面色更冷峻了，道："他不光要给你报告线索，还会要你支开包括罗田在内的其他干警，他会说他害怕被人知道遭到报复，就只能说给你一个人听。"

顾动和赵渝等人坐得笔直，他们被郑新立这一大段详细的故事预告吸引，宋宝飞究竟会说出什么线索，如此神神秘秘？

"接下来，他会趁人不多的时候，用一张板凳或者一个床头柜什么的来阻挡赵渝，然后他会猛地向后退去，撞破窗户玻璃，从二楼跳下去，想要脱逃！"

顾动等人把心提到了嗓子眼，仿佛就置身于宋宝飞脱逃的现场。

郑新立停顿了一下，众人不说话，皆看着他。顾动问："领导，这是你的假设，还是……"

郑新立转头问："赵渝，如果是你在这样的情境下，你会怎么办？"

赵渝霍然起身道："放心领导，我不会让他跑掉，我也不会掉以轻心！"

郑新立盯着赵渝，眼神如刀，一字字道："放了他。"

8.

太阳照常升起，城市的车水马龙揭开了新的一天。

经过两次检查，宋宝飞的眼睛已经有了医治方案，手术也确定了日期。在押解宋宝飞赴医院进行手术之前，赵渝按照领导的要求，去看守所和宋宝飞谈了两次。

宋宝飞内心对骷髅组织依然极度恐惧，这种极端组织，一旦加入，就会给人的思想上枷锁，让人心有所惧，不敢背叛。和赵渝的两次谈话，他都明显有所保留。

不过，值得庆幸的是，宋宝飞对赵渝生出了些许依赖。这种感觉很微妙，自打赵渝给宋宝飞看了他小孩的视频后，宋宝飞内心就对赵渝减少了几分戒备。在这两次谈话中，赵渝没有继续穷追猛打，刨宋宝飞内心深藏的秘密，他有经验，这样的犯罪嫌疑人，如果不能先解除他的恐惧，他的思想是无法释放的。

极端教义最要命的地方，就是能把人的思想控制住。光靠几次交心谈心，或者政策教育，很难把宋宝飞根深蒂固的思想改正过来，特别是他对背叛组织可能遭受某些报复的恐惧。

赵渝这两天跟宋宝飞聊得最多的是宋宝飞的成长经历，以及他的家庭情况。两次谈话的效果到底如何，不大好评估，不过对于宋宝飞来说，他能够感觉出赵渝是个特别的人——赵渝是个可以理解宋宝飞这类人的警官。

在审讯室的监控摄像头下面，有些话赵渝不能说得太明显，可是宋宝飞能感受到赵渝释放的善意。尤其是赵渝前几天带他去做术前检查，平心而论，宋宝飞这样的情况，莫说他已经成为在押犯罪嫌疑人，即便是他好好的在外面，也不可能进入这家医院的 VIP 通道。

赵渝营造了一种假象——他是部分认同所谓的精神导师的思想观点的，也就是说，他是可以被宋宝飞拉拢的，同时，他也是同情宋宝飞的，他竭力保障了宋宝飞的就医权利。

就在最后一次谈话即将结束之时，赵渝抛出了一个问题：“你是怕背叛组织多一点，还是怕失明后再也不能看见你孩子多一点?”

宋宝飞沉默了，他的眼睛包着纱布，他没有回答。

审讯室的光打在他的脸上，让他看上去有一种穷途末路的感觉。他的眼睛本来就有疾病，他长年用精神导师的“咒语”祈祷，希望有一天能有神力把他长年的眼疾给一次治愈。

赵渝告诉他：“手术的问题已经解决了，我们保障你的权利。”

宋宝飞那石头般的脸上，突然颤抖了一下。这可真是讽刺，导师的咒语没能把他的眼睛医好，现在他故意把眼睛弄伤，意图躲避法律的制裁，法律却要保障他就医，警方要医好他的眼睛。

赵渝起身欲走，突然停下了脚步，随口背诵了一段精神导师的教义，宋宝飞惊呆了。这些教义比他背过的还要精深，这是只有组织里最上层的“门徒”才可能接受的“亲传古籍”。

监控视频前的顾动很满意，赵渝拿捏得很有分寸，够了，留给宋宝飞一个晚上去尽情猜想。

一切都照郑新立预计的那样发展着，唯独有一点点变化——宋宝飞在进入医院电梯前，拉了一下赵渝的袖子，说：“赵警官，你昨天问的，我想了一夜，我没的选……”

赵渝不动声色，他知道宋宝飞已经动摇了。惧怕让人无法选择，而动摇求生才会让人思前想后。

宋宝飞做完一堆当日术前检查之后，于中午时分被推进手术室，手术进行得很顺利，大约两个小时后，他被推了出来。他出来后，麻药效力未退，护士吩咐得观察两个小时，赵渝和张小婧把他推到六号专用电梯，然后送到二楼靠西面的二〇一看护病房。

赵渝看了看表，郑新立预言过，宋宝飞会在下午五点左右清醒，然后说自己眼睛剧痛，整个人伴有剧烈颤抖、呕吐。这一切的确被一一应验，大约在十七时许，宋宝飞清醒过来，坐定一会儿之后，说自己眼睛剧痛，随即开始颤抖、呕吐。

张小婧在接到顾动指示后，前往楼上去找医生。现在房间里只剩下罗田、赵渝和宋宝飞，还有两名干警守在房间外。宋宝飞说："赵警官，我想通了，我有个重要情况要给你说。"

"什么情况?"

宋宝飞虚弱道："我只给你一人说，我怕背叛组织。"

赵渝板起了脸："那就等回到看守所里再说。"

宋宝飞开始轻咳，一边咳，一边喊着："水，水。"赵渝给罗田使了一个眼色，罗田背过身，走向饮水机。蓦地，宋宝飞抓起身旁的凳子，用力向赵渝扔了过去，他麻药劲虽然刚过，可手劲还不小。赵渝闪过凳子，发现宋宝飞已经猛地弹起，快步向后退去，撞破房间北面的窗户玻璃。

这房间北面的窗户下，是医院后面的空地，停着一辆满是灰尘的小车。宋宝飞落地之后，立刻向小车滚了过去，他拉开车门，快速钻了进去。很明显，这是有人来接应宋宝飞了。宋宝飞钻进了小车的后排，说明有人坐在前排驾驶室里。听到动静的罗田大惊失色，赶忙回身，他顾不得手上拿着的水杯，迅速掏出配枪，奔了过去。

楼下的小车并不急于走，像是在等待什么人。赵渝站在破碎的窗户前愣了一秒神。这短短的一秒却好似很长。

他脑海中迅速闪回到了昨天晚上。昨天晚上，他和顾婷见了一面，整个约会过程中他显得有些心不在焉。他将要执行押解任务，带宋宝飞去做手术，他已经预知这次押解任务会出什么问题，但是他不能告诉顾婷关于案件和任务的一切。

罗田的喊声把赵渝拉回了现实，罗田已经扑到了窗边，持枪对准了楼下的车辆。赵渝伸手拦住了罗田，然后重重给了罗田一拳，把对方揍到了地板上。

这一切，都被那辆小车驾驶座上的人看得清清楚楚。那人摇下了窗户，冲赵渝喊："快！快啊！"赵渝听得清楚，此人正是他的发小、"人脉通"岳大春。为了给顾老爷子插队做手术，赵渝此前曾拜托岳大春帮忙。

他深吸一口气，一咬牙，从宋宝飞撞碎的窗户洞里跳了下去。

他着地一滚，流畅地钻进了小车。车辆发动，从医院后门停车场快速冲出，猛蹿着，横冲直撞，像玩命一样，逃向了远方。二〇一看护病房的窗台边，顾动远远看着这一切。

9.

岳大春驾车飞奔出城，不敢在城内多待片刻。为了躲避追查，在车辆进入绕城高速公路之前，他下车更换了车牌。出城后的岳大春开车越发狂野，跑了一段高速后，转入国道，跑了一段国道后，干脆转到省道上去了。从锦川向西百余公里，就能进入美丽的高原地区，赵渝辨明方向，这岳大春是想往高原跑。

不过，岳大春的车技真是差，赵渝在车上被晃得有点想吐。他看了一眼刚做完手术的宋宝飞，这家伙一直没吭声，估计更难受。赵渝在车上摸到一个软垫子，给宋宝飞的脑袋枕上，让他缓解一下颠簸带来的痛苦。宋宝飞焦头烂额的神情中闪过一丝感激。

月黑风高，也不知道岳大春开了多久，小车终于在一处村落停下。此时的宋宝飞已经昏迷过去，赵渝和岳大春将他从车上抬下，往一处厂房走去。厂房外观破旧，打开铁门，里面却全是电脑和主机服务器。岳大春这些年挖比特币发了点财，为了节省开支，他把公司搬到了高原村镇，享受电价优惠。

赵渝和岳大春直直进到最里面的小木屋，找了张床把宋宝飞放下，给他翻了个面，让他脸朝下趴在床上。这是刚做完视网膜修复手术的静养姿态，陆教授专门嘱咐过的。二人累得瘫坐在地上，经过一场逃亡，终于可以出口大气了。

岳大春和赵渝是发小，怎么突然就变成了协助宋宝飞脱逃的同案犯？郑新立和顾动这是唱的哪一出？

回说岳大春，他原来也是宋宝飞、涂孟辛组织中人，自那枚载有名单的口令卡失踪，他便领受了精神导师的任务，四处打听宋宝飞的情况，终于在发小赵渝那儿有了进展。赵渝先是很警惕："大春儿你打听这个干什么？"

岳大春说："他家属托人请律师，想了解下情况。"

赵渝板起了脸："既然是家属委托律师，那就让律师来申请会见，你在中间跳个什么劲？"岳大春说："现在推荐律师，都要拼关系，我知道的情况多一点，才好证明我推荐的律师能'捞人'。"赵渝更不悦了："案件尚在侦办过程中，不能告诉你。"

岳大春给赵渝塞了一个红包，说："既然案情不能说，那犯罪嫌疑人的身体状况、衣食起居，这些总可以给我说说吧？"赵渝把红包推了回去："大春儿你是不是讨打啊，跟我还玩这个。"

岳大春转过话头，说："上次你托人联系陆卫国教授，想给你未来岳丈做手术，这事儿我已经有谱了。"赵渝立马来了精神："真的？那就太感谢了。"岳大春摸着赵渝退回来的红包，像抚摸一只怀里的猫，他缓缓说："不过啊，中间有些需要打点的环节，你肯定能理解。"赵渝摸着下巴："你说吧，要怎么弄，我给陆教授好烟好酒伺候上。"

岳大春笑了："现在都什么年代了，当个警察能挣多少钱，咱俩还见什么外，需要打点的环节，我都已经安排好了。"赵渝说："多少？我手机转账给你。"

岳大春又道："不用不用，我就想知道，宋宝飞现在情况怎么样了，我给家属推荐律师，有业务提成。""你怎么什么钱都挣！"赵渝说，"这样，我去打听一下，明天给你信。"

第二天，岳大春就收到了赵渝的电话，宋宝飞将会做一系列检查，然后确定一台视网膜修复手术，检查的时间、地点云云。

在进行正式的手术之前，宋宝飞被提解出看守所做过两次检查，岳大春就是在这检查期间寻到了机会，和宋宝飞进行了短暂的交流。岳大春长年跑医疗业务，绞尽脑汁总能创造出机会。宋宝飞与他一对身份，便知道是导师委托岳大春来找他的。

岳大春在确认宋宝飞没有出卖组织之后，决定想方设法救他。可是这个环节需要有人配合才行，于是岳大春再次找上赵渝，这一次，摆在赵渝面前的是一张存有一百五十万元的银行卡。

当然，赵渝还提了一个要求，他说："大春儿你说得对，当警察能挣多少钱，可是有钱了我得有地方花才行，我还需要一个可以出境的假护照。"

赵渝看了看岳大春，这厮从小就听自己的话，跟在自己屁股后面到处跑，小时候二人可没少闯祸。那会儿，赵渝说什么岳大春都听，赵渝信什么，岳大春就信什么。

那个时候，二人同住在铁厂的院子里。铁厂是当年三线建设从北方迁来南方的，岳大春的父亲是铁厂职工，赵渝的父亲曾经在铁厂的派出所当过所长，所以两家一直比较熟。俩小孩儿闯祸，从来感觉天不怕地不怕的。

二人上学那会儿，得带饭盒去学校，中午在学校食堂打饭吃，可是有一天岳大春把饭盒弄丢了，又不敢给家里说，于是只好躲在教室里挨饿。赵渝问他怎么办，他说只能慢慢存零花钱，重新买一个饭盒。赵渝又问，那在你存够钱买饭盒之前，就不吃饭了？赵渝想了个办法，他把自己的饭盒贡献出来，二人分吃一个饭盒的饭菜。

上初中时，赵渝一家从铁厂搬出，不过他一直和岳大春有联系。这些年岳大春怎么变成了这样，他想想既觉得可悲，又觉得可怜。

岳大春却丝毫没有可悲，也没有可怜之意，他心中越发得意，在精神导师所谓的教义里，拉拢和策动军警人员是极大的功劳。这些被拉拢、策动的军警人员被认为曾从事邪恶的罪行，如能在导师的教导之下迷途知返，最后是可以登上天堂的。而通过传播教义帮助这些军警人员“度化”的骷髅组织的成员，也会被认为是积累了莫大的功德。

当然，岳大春不知道的是，从他向赵渝打听案件开始，他就被顾动盯上了。这岳大春可不是单单做点医疗仪器业务这么简单，这人业务很杂，居间倒腾、挖币赌博，什么都经手。

敌人的来路，就是我们的去路！当晚，赵渝和顾动一合计，不妨虚与委蛇，第二天回个信儿给他，看看敌人到底要干什么。那岳大春对赵渝全无戒心，依然保持着当年的思维惯性，赵渝说什么，他就听什么，赵渝假意被他说服变节，要一起去境外挣钱快活，岳大春果然上当。

不消说，岳大春和宋宝飞在医院检查室内互核身份，自然也是在警方的监控之下。岳大春提出计划，决意先行收买赵渝，然后帮助宋宝飞“越狱”，他急于证明自己，急于立功，既然导师要求找到宋宝飞，那么他就得设法把宋宝飞弄出去，让导师看看自己的本事。

此时此刻的岳大春更加相信赵渝的立场了，因为赵渝还带着一本精神导师的“亲传古籍”。这册“文献”是精神导师最初“布道”时使用的，后来遗落在了北非，再后来辗转落到了亚洲犯罪学会手里，成为研究精神导师犯罪思想的重要依据。

虽说这本“古籍”屡屡被人揭批是精神导师自行杜撰，但是他依然在组织体系内将它捧得高高的，用以粉饰自己的“正统”。

郑新立手上的这本“古籍”，得自亚洲犯罪学会。赵渝找到这本难得的“古籍”，交给岳大春和宋宝飞去归还组织，导师一高兴，还有什么好责怪的？别说死个涂孟辛，就是死十个也可赦免。

岳大春问赵渝：“你是什么时候觉醒的？”赵渝心中没好气：“老子一直都醒着。”岳大春说：“不是说你醒着睡着，我是说你什么时候开始信导师的。”赵渝一拍脑袋：“我不信他，他就是个神棍。”岳大春问：“那你为什么要帮老子？”赵渝看着他，流露出贪婪的眼神，一字字道：“我只信钱。”

岳大春笑了：“我不急，我慢慢度你，你慢慢就会信了。”赵渝心道度你个鬼，问：“我们现在要做什么？”岳大春说：“我们要等人来接宋宝飞。”赵渝问：“等谁？”岳大春说出两个字，让赵渝浑身一颤，他说：“‘老头’。”

晚上，宋宝飞开始发烧，赵渝叫岳大春外出给他寻些退烧药，这高原上发烧感冒可大意不得，万一有个什么闪失，那会送命，别大伙儿竹篮打水一场空。

岳大春快快地出去了，他长年在这村镇开服务器挖币，商店他都熟悉。临走赵渝嘱咐他，再买一点酒菜回来，压压惊。岳大春出去之后，赵渝给宋宝飞烧了点水，又把屋子里的一个暖炉烧着，温度慢慢起来之后，他终于在角落里歇了下来。

房间变得温暖起来，赵渝搬了张凳子，坐到了宋宝飞面前。

“别装了。”赵渝说。宋宝飞“嘶”了一声，然后就醒了过来。赵渝问：“怎么样啊？”宋宝飞明显中气不足，声音很低，说道：“感觉不大好，脑袋痛。”“刚做完手术就一路颠簸，能感觉好吗？”

“没法啊。”宋宝飞说。

“为什么要装昏？你信不过你的同门？”赵渝问。

“这不是明摆着的吗，我才见他几次？那天在检查室里我是第一次见他。”

“你第一次见他，就敢跟着他玩这出‘越狱’，胆子可真大。”

宋宝飞问：“那你又能信得过他？连工作都不要了，帮着他救我？”

赵渝一耸肩：“没法啊，他是我发小，而且这事能挣钱……”

宋宝飞用另一只没包纱布的眼睛看着赵渝：“他是你发小这事我信，不然他不会轻信你，可是要说你为了挣钱干这事……老赵，你先问你自己信不信吧。”

赵渝笑了：“人和人之间的信任真是很奇怪。”宋宝飞道：“你既然敢和岳大春‘合作’，说明你们根本不怕我逃脱。”“你知不知道脱逃要承担什么法律责任？”“知道。”“那你为什么要接受岳大春的计划?”宋宝飞沉默了。

“你害怕?”“我能怎么办？他说要救我出去，我总不能说我不乐意，我就爱蹲在看守所里等死吧?”“蹲在看守所里，也不一定是等死啊。你才犯多大的罪，至于吗?”“我没的选。”宋宝飞整个人都低沉下去。

“这话你给我说过。”“我怕啊，我真的怕，背叛组织不会有好下场，你看涂孟辛就……死了！他孩子才多大啊。”

“我还是回到那天的问题，你所谓的背叛组织，和不能见到自己的孩子相比，哪一个更可怕?”宋宝飞叹气道：“我现在已经做好手术了……”“对，可是如果不是我们保障你，你能做好手术?”“我……”

赵渝点了一根烟，窗外风声越来越大，高原的雷雨要来了。在这个木屋里，氛围已经慢慢起了些变化。

两人沉默半晌，宋宝飞终于开口了，他说：“我根本没想那么多，我就只是想出来看看我孩子。”他弄伤眼睛，想骗得取保候审，是为了看看孩子，而他脑子一热，跟着岳大春“越狱”，也是这个原因。

“看看孩子”，这是一个父亲最直接最简单的愿望，所以他答应了岳大春，他当时抱有一丝幻想，幻想着岳大春在导师的指导下，能有周密的计划，能把所有事情安排妥当，然后他自己在做完手术后被接应出去，带上妻儿，奔赴海外。

可是，这事儿稍稍一用脑子就能想明白，收买赵渝然后放人？这种戏码除了在电视上看得到，脑洞开得太大了点吧？在车上的时候，宋宝飞就暗暗在想，也不知道岳大春这二货是怎么在社会上活下去的！

那一刻，他心里突然对导师所称的各种“精英”产生了极大的质疑和失望，这都是乌合之众啊。赵渝看着宋宝飞，说：“你跟着岳大春‘越狱’，就能见到你儿子了？”宋宝飞捏紧拳头道：“人就是这样，总想试一试。”“祝你好运。”赵渝一摊手。宋宝飞沮丧道：“其实我也不傻，你既然跟上来了，我们哪里还跑得掉？”

“你怎么不想想我为什么要跟上来？”“我不知道。”赵渝语重心长道：“如果我不跟上来，放任你跟着岳大春这二货瞎闹，你的人生才算是真的完了。”宋宝飞突然生出一丝感动来，他用力地作死，可是政府没有放弃挽救他。

他怯怯地问：“我的人生难道现在还没完？”赵渝看着宋宝飞，一字字道：“你既然这么想见你儿子，要不要我给你一个机会？”

“我……还有机会？”

“既然我已经跟了上来，你就一定还有机会立功赎罪！”

10.

又是一个不眠夜。顾动带着罗田等干警，把涂孟辛的关系网进行了进一步深挖，当然，重点还是在他遇害当天前后数日里，进出过民宿的人员。就在专案组一筹莫展之时，一则信息进入了顾动的视野：涂孟辛的前妻刘子娟于前一日回到了三江市。

涂孟辛和前妻刘子娟离异多年，刘子娟随后再嫁到了广东。干警初见刘子娟之时，觉得其比涂孟辛年轻得多，大抵是因为长期在沿海发达地区生活，穿着打扮也比较时髦。干警表明了来意，刘子娟也没有任何抵触心理，表示愿意配合调查。刘子娟慢慢回忆道："我和涂孟辛当年其实挺好的，当时是他追的我，我那会儿还在卫校念护理专业，涂孟辛是我初中同学，初中毕业就进了社会，啥都干。"

"啥都干？""不包含违法犯罪啊，他那人胆小，特胆小！有次他倒卖点水泥，旁边有人说了句，买卖水泥没手续犯法，他吓得款都不收了。”

蓦地，刘子娟正坐起来：“我想起来了，涂孟辛一年前给我发过一条奇怪的信息。”

罗田忙问：“是什么信息?”“他说如果有什么意外，让我过来接上孩子，到锦新银行滨海路营业部去找他。”

“锦新银行滨海路营业部。”罗田快速记下这个地址。

刘子娟问：“还有什么需要我配合的吗?”

罗田说：“你认识宋宝飞吗?”

“谁?”刘子娟用力想了想，摇摇头，“不认识。是凶手吗?”

“我不是凶手!”宋宝飞一副垂死病中惊坐起的样子，“我说了八百遍了，涂孟辛不是我杀的!”岳大春买到药回来了，宋宝飞吃了一粒，刚刚开始退烧，就听见岳大春和赵渝讨论自己杀涂孟辛的动机，整个人立马激动起来。

“大春儿，你说涂孟辛得吃掉组织多大一笔经费，才惹得宋宝飞动手?”

“这谁晓得，我层级不够，还到不了他们的圈子，这些恩怨我就不知道啰。”

宋宝飞气得差点背过去。岳大春和赵渝也不理他，兀自吃着菜、喝着酒。

木屋里飘荡着一股劣质酒味，赵渝假意饮了些酒，开始探岳大春口风，到底谁会来接应宋宝飞？具体什么时候？是不是真是“老头”亲自来接？

“等‘老头’来了之后，我就要拿到我的钱。”赵渝说。岳大春道：“我给导师说过了，他说没问题！”赵渝故意谄媚笑道：“大气啊。”岳大春一拍胸口：“等‘老头’来了，咱们把宋宝飞交给他，我们两兄弟就算圆满了。”赵渝问：“他今晚就来？”岳大春道：“对，今晚，他怎么可能耐得住，要是名单出事了，他就危险了。”赵渝有些饿了，拿起桌上的牛肉吃了一块，问：“要是宋宝飞手上没有名单，怎么办？”

岳大春忽然阴恻恻地笑了：“那他就是欺骗导师啰？”在床上躺着的宋宝飞突然像触电般动了一下，他此前撒谎说自己手里有涂孟辛的大秘密，意指那枚口令卡，才引得组织来营救他。

“那会怎么样？”赵渝问。岳大春目露凶光，一字字道：“他会生不如死！”

高原的夜风很大，岳大春一斤酒下肚，睡得鼾声震天。夜已经过半，赵渝想起了顾婷，内心突然温暖起来。他曾计划过，找一个假期，和顾婷自驾游，领略下举世闻名的高原自然风光和民族地区的风土人情。他摸了摸衣兜里的纸飞机吊坠，心中居然有一丝惧意。过去的赵渝从不怕危险，可是如今的赵渝，很怕不能再见到顾婷。他安慰自己，有什么好怕的，顾动、张小婧他们一定就在这木屋周围，他们约好，一旦有什么问题，赵渝打出信号弹，同事们就扑上来收网。

赵渝试图通过聊天软件向张小婧发出暗号，然后他惊讶地发现，岳大春这个挖币厂里竟然有信号屏蔽器，他和接应小组失联了！他捏了捏手心，告诉自己要信得过同事们，可是他还是不由自主地有些发慌，一种不好的预感涌上心头。

今天是怎么了？赵渝默默地想。

蓦地，木屋外传来一阵敲门声。

宋宝飞警惕起来，屋内昏暗的灯光下，他看起来像木乃伊似的颤动了一下。赵渝摸了摸腰间的警枪。“老头”来了？岳大春翻身起来，低声喊：“谁？”

门外没人答应。岳大春又喊了一声：“他妈的谁啊？”赵渝听到了一声很轻很轻的金属碰击的声音，他浑身汗毛猛地倒竖，一股热血直冲脑门，他喉咙里低低地喊了声：“不好！”黑暗里，一个圆形物事从木门旁边的透气窗洞里被扔了进来。随着一声不大不小的爆破响声，木屋里一道火光爆闪，火蛇迅速在干燥易燃的木屋内乱窜起来。

回说罗田问完刘子娟，得到了一条重要线索，刘子娟曾收到过涂孟辛发来的一条奇怪的信息，大意是说如果涂孟辛出了什么意外，就让刘子娟去锦新银行滨海路营业部找他。

这信息本身是有问题的，他自己都已经出事了，还让刘子娟去锦新银行滨海路营业部找他，怎么找？顾动大胆假设，难道是他留下了什么重要的物事？会不会就是那枚装载有名单的口令卡？

罗田请示顾动之后，连夜驱车回到锦川。第二天一大早，顾动让干警们备齐法律手续，自己亲自领着罗田来到银行，他还联系了自己的旧识、锦新银行滨海路营业部的主任林双。有了熟人好办事，顾动让大伙儿开工，罗田带着干警开始认真翻找，逐条数据分析。警方在保管箱业务中找到了刘子娟的名字，保管箱里一定存有什么。“存物人是谁?”顾动顺着信息表看过去，存物人却不是涂孟辛。“涂孟辛很有可能委托别人，或者用别人的名字，办理了保管箱业务。”保管箱里的东西随即查明，可惜并不是那枚口令卡。保管箱存物的时间已经确定，是去年七月四日。

于是众人开始逐帧翻看全年的监控视频。果然找到涂孟辛了，他在一年前的监控视频里出现过！大家围了上来，那天正是七月四日，涂孟辛走进银行大堂，似乎和保安说了两句什么。

“他在说什么呢?”罗田自言自语道。“摄像头太远了，听不清。”干警把音量调到最大。只见视频里的涂孟辛把帽子压得很低，他来到大堂里，坐到了等候区的椅子上。

时间一分一秒地过去，整整三十分钟，涂孟辛百无聊赖地在等候区的椅子上玩着手机。

“他在干什么?”顾动问。罗田说：“他估计是在等号办业务。”“不对，当天的数据里并没有他办业务的记录，那个刘子娟的保管箱，也不是他的名字办理的。”“那他在干什么?”顾动摸着下巴："他自然是雇了别人，帮他办理保管箱业务。"

果然，监控画面里出现一名陌生男子，他走到涂孟辛面前，二人相视点头，涂孟辛示意他可以出去了，那男子便快步走出了银行大堂。

"可是，保管箱存好之后，涂孟辛也没走。"罗田看见监控画面里的涂孟辛又坐了回去。"他在等人。"顾动说。

罗田眼睛都要盯到电脑屏幕里去了，他直直地看着视频："他到底在等谁？"顺着涂孟辛的眼神看去，他一直在玩手机，蓦地，银行大堂经理走了过来，他抬了一次头。

涂孟辛在银行大堂坐了很久才离开。

一年前涂孟辛来过这个营业部，雇人帮他用别的名字为刘子娟办理了保管箱业务，办完业务后他并没有急于离去，他等了很长很长时间，长得不太正常。

涂孟辛到底在等谁？到底在干吗？顾动闭上眼睛，揉了揉自己的太阳穴，他将思维放飞，整个人像是回到了涂孟辛民宿的案发现场。

他漫步走进案发的房间，房间里一片狼藉，宋宝飞刚刚和涂孟辛进行了缠斗，二人因为涂孟辛侵吞组织经费而反目，涂孟辛被宋宝飞推到了阳台护栏上。

阳台护栏崩塌，涂孟辛掉进了山崖。宋宝飞那胆小鬼连滚带爬地跑出了房间，门没关，有第三个人走了进来。涂孟辛的孩子在楼下听到了"嗒、嗒、嗒"的声音。

蓦地，会议室外响起了高跟鞋的声音，嗒、嗒、嗒……脚步声把顾动带回到现实中，他猛然惊醒，只见林双俏生生地站在会议室门口，拎着一袋咖啡。顾动彻底愣住，他看着林双脚上的鞋，一直没说话。

“罗田，快，重新放一遍刚刚的视频。”罗田重新播放涂孟辛在大堂里的视频，只见涂孟辛低头玩手机，一副百无聊赖的样子。

“怎么了，顾头?”罗田问。“你看他在干什么?”顾动道。罗田道：“他在玩手机。”“不是，他没有一直在玩手机。”“哦，他有抬过头，抬过……一次、两次、三次!”

顾动目光灼灼道：“他为什么要抬头三次?”罗田仔细看着视频，没有发现什么特别之处。顾动道：“他每次抬头，都是因为大堂经理走过他身边了。”罗田道：“他认识大堂经理?”

“不是!”顾动否认道。罗田一头雾水，完全没跟上顾动的思路。顾动转头问林双：“林双，我想知道一件事。”

“请讲。”顾动指了指林双脚上的鞋：“你们的女员工，上班都必须穿这样的高跟鞋吗?”林双道：“是的，这是我们的规定，在大堂当班的时候，必须穿高跟鞋。”

顾动指着视频，说：“能帮我查到和这位大堂经理同一天当班的女员工吗?”林双很快就调出了去年七月四日在大堂当班的女员工的记录表，说：“都在这儿，你要干什么?”

顾动道：“我想去看看她们的换衣间。”

林双领着顾动和罗田，径直去了四楼向东的房间，那里是女员工的更衣室。房间里立着三排铁皮柜，用于存放私人物品。

“顾动，你要看什么？”林双不解地问。顾动请林双告诉他去年七月四日在大堂当班的女员工都有谁，她们的鞋柜都在哪儿。林双指了指各个角落：“这儿、这儿，还有这儿，那天在大堂当班的，共有六名女性。”“和视频里这位大堂经理身高、体重相仿的呢？”林双想了想，道：“有三位。”“那请帮我打开她们的鞋柜。”林双走了过去，弯下腰，打开了第一个鞋柜，鞋柜里放着跑鞋、运动鞋，还有乱七八糟的袜子。

顾动皱起了眉，看来这妹子是个运动达人。林双又打开了对面的鞋柜，里面放着一双短靴、一双运动鞋、一双拖鞋。

“顾动，这有什么不妥吗？”“没，这二位的鞋柜，很正常。”林双更疑惑了：“顾动，可以告诉我，是要找什么吗？”还剩下最后一个鞋柜。更衣室的窗户斜斜透下一道光，光束里灰尘飘扬，角落里的鞋柜在暗处显得特别诡异。

顾动盯着那最后一个鞋柜的柜门，一字字道：“如果没猜错，这个柜子里面应该全部是同一款式的高跟鞋。”

11.

那枚自制的燃烧弹从窗洞扔进来的时候，赵渝下意识地向岳大春扑了过去。岳大春离得最近，根本来不及躲闪，那枚燃烧弹要是打到他身上，他非得被烤成猪扒不可。

赵渝扑倒岳大春，堪堪躲过燃烧弹，接着赵渝着地一滚，想要去打开窗户。“不好。”他发现窗户从外面被封住了。他疾退三步，朝门口纵身一跃，他抄起手枪，直直指向门外，他掩进木门，用力一脚蹬了出去，结果发现自己如同踢到了钢板。

大门也被封死了！燃烧弹已经把木屋迅速点燃，火光映出三人惊恐的脸。在火场里待过的人都知道，高温和火焰不是最可怕的，最可怕的是浓烟，浓烟里的有毒有害气体能迅速耗尽氧气。

赵渝环顾木屋四面的窗户，高原风大，岳大春提前把窗户都闩上了，然而吊诡的是，敌人神不知鬼不觉就把窗户都封住了。

宋宝飞吓得三魂七魄全飞天外，口中喊：“‘老头’来了，组织要清理门户了！”

岳大春开始猛烈地咳嗽起来，他一把抓住宋宝飞：“笨蛋，快把涂孟辛的东西交出来，扔到门外去，否则大家都得死！”

宋宝飞惊恐地看着赵渝，仿佛想要抓住最后一根救命稻草。他只是想见见孩子，才答应了岳大春的“越狱”计划，他可没有任何心理准备去见“老头”，他手上根本没有涂孟辛的东西，一旦穿帮，他不敢设想会是什么后果。

岳大春扭住宋宝飞的脖子，喊：“宋宝飞，你他妈的是不是根本就没有名单？”宋宝飞被浓烟呛得晕头转向：“没有！”“那名单到底去哪里了？”“我不知道，我不知道啊！那天他死了之后，我就离开现场了！”宋宝飞终于给岳大春说了实话。岳大春看着宋宝飞，眼睛里要喷出火来：“我不信！你是不是交给警方了？”

宋宝飞大喊：“我要是交给警方了，你们他妈早就被一网打尽了！”岳大春脑子转了转，想想是这么个理。赵渝一把拉开岳大春和宋宝飞，这两个二货，现在是操心名单的时候吗？现在应该先操心性命啊！

赵渝喊：“大春儿，还有哪儿能出去？”岳大春指了指宋宝飞之前躺的木床背后的柜子。“快，起开。”赵渝一把拉开宋宝飞，“大春儿，帮把手！”他和岳大春用力推动那木床背后的柜子。这柜子乃是实木制成，足有一人来高，里面装的不知是什么，推起来颇为沉重。岳大春喊："快呀!"

赵渝使出了全身的力气："宋宝飞，快来帮忙!"浓烟熏得三人都要睁不开眼睛，嘎——随着一声刺耳的声响，三人终于推开那个沉重的实木柜子，一道半人高的门赫然出现在他们眼前。

赵渝当先钻了出去，他刚呼吸到一股清新凛冽的空气，就感到一道刮脸生疼的锋刃直指自己的颈项！他随手就要拔枪，对方不躲不避，扑了过来，匕首划伤赵渝持枪的右手，警枪随即落地。"有埋伏!"

赵渝和对方扭打在了一处，攻守形势立刻胶着起来，赵渝双手死死剪住对方颈项，对方双手掐住赵渝脖子，二人竟然成了生死之局。宋宝飞从门里跑了出来，他一只眼睛仍有视力，迅速辨明了形势，他在黑夜中看见赵渝正和人缠斗，生死相搏，根本顾不上他。

"快来帮忙啊!"赵渝喊道，他被掐得满脸通红。赵渝看了宋宝飞一眼，宋宝飞的双脚仿佛被灌了铅，他内心激烈交锋，到底该怎么办?

"这是个好机会，赵警官被人缠住了，我可以逃了，可以去看儿子了！

"不不，我要是就这样跑了，怎么对得起他们！我的眼睛是他们治好的！

"可是如果我出手帮忙，对方可是组织里的要员，背叛组织是要死的啊！

“我要是跑了，我这辈子才真是彻底完了！”

宋宝飞长吸一口气，对自己说，赵警官答应过我，要带我去见儿子！

宋宝飞转过头来，也不知道哪里来的勇气，抓起地上一张木凳，用力砸向那杀手后脑。

那杀手吃痛之下，手上力量自然分散，赵渝瞪大眼睛，豁出了全力，掰开对方掐脖的手，飞起一脚，将他踢了出去，对方滚了两下，扎进了一团草垛之中。

赵渝死死盯着那草垛里的动静，他给宋宝飞一个眼神，暗示他快去找找掉在地上的枪。

警枪就掉在宋宝飞脚下不远处，他猫着腰爬过去，眼见就要捡起警枪。

蓦地，宋宝飞大叫一声，从后颈到后背，被人砍出一道口子，鲜血迸溅，他应声而倒。宋宝飞和赵渝眼里充满了不敢相信和惊惧。

只见宋宝飞背后走出一个人来。那人走到赵渝面前，高高举起了长刀。

赵渝咬着牙，喊：“大春儿你要干什么？”

高原的月光照着岳大春阴森森的脸，他一字字道：“你是不是一直在等我？”

宋宝飞惊恐得眼睛要瞪出血来：“你就是……‘老头’？”

12.

岳大春高高举起长刀的手，因为一瞬间的感慨而缓了缓。赵渝这家伙从小挺关照自己的，那会儿在铁厂大院里，两人有什么好东西都一起分享。岳大春早就把良心喂了狗，可是赵渝适才本能地护住他，这让他内心突然生出一阵犹豫。

岳大春背后围上来三名黑衣人，身材体形与刚刚和赵渝夜斗的人差不多，一个已经如此棘手，又来了三个！赵渝设计要诱捕岳大春，不料自己被围了。月光照在宋宝飞那张绝望的脸上，因为受伤，他的脸色变得苍白，宋宝飞气喘吁吁道："老赵，你答应我的事，可别忘记了啊。"

赵渝气笑了："这都什么时候了，还是先顾命吧，成，等我们扛过这关了，把你儿子叫上，我请你们一家子吃火锅！"赵渝说完，突然心生悲戚，希望自己说的话能兑现吧。他转头喊道："大春儿，你个王八蛋，当年要不是老子借饭盒给你，你早就饿死在雪地里！"

他看出了岳大春的犹豫，他喊这些话，是在争取时间，他需要凝聚一口气，把体力全部凝集起来，然后设法逃生，哦不，他还要救走宋宝飞，这可比自己一个人逃生难得多。可是不能不管宋宝飞啊，他是警察。

“别扯这些没用的!”岳大春面容狰狞起来，可是手上的长刀迟迟没有落下，后面的三名黑衣人都看不下去了。

“老大，我来!”“我来我来，我今年还没沾过血!”

一名黑衣人夺过岳大春手里的长刀，猛地朝赵渝劈了下去。

赵渝心中暗道：“我还要回去娶顾婷呢，怎么能死在这里?”他大喝一声，抓起地上的木凳脚，横着去挡长刀，长刀重重砍入木凳脚之中。

借着这一挡之力，赵渝侧身闪开。他甫一闪避，回身就是一记猛踢，正中目标肩部。目标向后疾退，重重撞上岳大春和后面的黑衣人。

赵渝一招得手，向前一扑，抄起地上的警枪，却不敢恋战，拖着宋宝飞就跑。此时天时地利均不占，犯不着和敌人缠斗，先跑出去再说!

赵渝跑到一处矮石墙旁，这石墙背后乃是一条小河，他先把宋宝飞推过墙去，只听一声扑通，他隔着墙壁听见响动，心想宋宝飞这家伙成功落水了。

然后他自己一纵跃，便拟翻出。就在此时，一名黑衣人已经欺近。借着月光，赵渝看清来势，举枪就是一发，手枪在手里退了一退，响亮的枪声撕破了夜空，那人应声而倒。

赵渝一枪退敌，震慑效果大于杀伤效果，其余人皆不敢上前。他翻身越墙，又一声扑通，他感觉腰下一凉，这河水好冷！

赵渝和宋宝飞在河水中疾行，也不知道走了多远，夜晚的河水冷得刺骨，他二人冻得直哆嗦。赵渝看了看天上月色和周遭山势，辨明方向，再往下走，恐怕就要落入水电站里边了。他心中已经有了计较。到得一个回水湾处，在赵渝指示下，二人抓住了横在河道上的树枝。

二人受伤后体力不济，脑子却还算清醒，组织那帮人沿着河道追击过来，很快就能追上他们，这可不妙，得赶快找个地方隐藏起来。况且，这河水寒冷刺骨，在水中待久了有生命危险。

赵渝二人抓着横枝，向侧岸爬了过去。二人上岸后，大口大口喘着粗气，宋宝飞失血过多，脑子已经有些迷糊了。

“宋宝飞、宋宝飞，你清醒点，可别死这儿啊。”宋宝飞喘着气，突然道：“我这眼睛手术后什么时候复查啊？”赵渝也喘气道：“怎么突然问这个？”“我留个念想。”“陆教授说了，一个礼拜以后复查一次，如果愈合得好，就半个月后再复查。”“是吗？也就是说你还能押我外出两次呗？”宋宝飞眼神开始涣散，进气都有些困难了。

宋宝飞道："我现在特别想告诉你一件事。""什么?""我一点都不怕死。""哦?""可是我特别后悔，特别后悔过去的事……"宋宝飞说着，竟然哽咽起来。

赵渝心中一宽，知道自己终于把宋宝飞感化了，他们终于战胜了宋宝飞心中的魔性。郑新立说过，对待这些极端分子，从思想上、灵魂上感化他，才是真正的胜利。

赵渝道："别哭了，死不了，等复查眼睛的时候，我还押着你去。"

宋宝飞道："我真的没拿涂孟辛的口令卡，如果你们没找着……"

蓦地，沉重的脚步踩碎了河岸上的枯叶，发出了肃杀的声音。

这帮人来得好快，光听声音就知道他们二人又被包围了。当先的岳大春拉动枪栓，这是来福猎枪的声音。死亡的气息在黑夜里蔓延开来，像张牙舞爪的野兽，张口欲噬。

宋宝飞猛地拉住了赵渝的袖子，压低声音道："如果你们没找着，那一定是被一个婆娘拿走了！涂孟辛私吞经费，有个同伙!"

敌人已经围了上来，赵渝来不及问宋宝飞到底是哪个婆娘，现在得先稳住局势。赵渝拉起宋宝飞，躲到了一棵歪脖子树后面。他们现在占着河岸的高地。他定睛一看，只见对方七人从不同方向围了上来，人人都带着热兵器。

赵渝摸了摸配枪，里面还有五发子弹，对方来了七人，子弹铁定不够，双方高低相望，看来得有一场殊死较量了。

他抓起了兜里的纸飞机吊坠，那是顾婷用实习工资买的。赵渝把吊坠戴在了脖子上，这是他有生以来第一次戴饰品。他对着纸飞机吊坠说："等我。"

啪——

枪响了。

13.

最后一个鞋柜打开了。映入所有人眼帘的，是两排样式相仿的高跟鞋。

涂孟辛的购物记录里，几乎每个月都有购买高跟鞋的订单，而且这些鞋样式相仿。

从心理学角度来说，女人都有自己的恋物癖好，有的喜欢项链，有的喜欢口红，喜欢高跟鞋是一种常见的女性恋物癖好，而男性喜欢的东西更五花八门。

“这是谁的柜子?”顾动问。林双看了看柜子上的工牌，道：“司敏。”“她人呢?”“几天前向单位请了年假。”

涂孟辛刚死，人就不见了，这么巧吗?

“她大概率就是最后一个进入现场的人。”顾动一拍桌子，“找到她!”

这个叫司敏的女人，极有可能和涂孟辛保持着亲密关系。罗田这下明白了顾动的推理：涂孟辛于去年七月四日在这个银行雇人给刘子娟办理了保管箱业务，然后他坐回了等候区，继续留在大堂，是在等人。

他低头玩手机，其间大堂经理从他身边走过，他抬头数次……他不是认识大堂经理，而是熟悉这种脚步声。他听到这种样式的高跟鞋发出的声音，以为是等待的人出现，所以，他抬头观望。涂孟辛久等不到，这才怏怏回家了。

顾动道："假设这人是第三个进入涂孟辛凶案现场的人，目的是翻找东西，她在现场找到自己要的东西后，还清理了现场痕迹……我们换个思考角度，连作案都穿着高跟鞋，这人是典型的恋物癖！"结合涂孟辛的购买记录，顾动大胆刻画，打开她的鞋柜，一定全是这样的鞋子。

罗田是在机场外拦住司敏的，她坐在车里，手按着包。罗田不敢大意，精神导师的门徒都有点神道道的，可别阴沟里翻船。他持枪对着后排，喊："把手提包扔出来！"

司敏握住了包里的武器，她看了看局势，松开了握着武器的手。她看了看天空中起飞的飞机，长叹一口气，把手提包扔出了车窗。

她从衣兜里掏出一个化妆镜，理了理自己的妆容。车门打开，一双漂亮的高跟鞋从车上伸了下来。她迎着阳光，浓烈的妆容依然夺目。

对司敏的审讯一开始并不顺利，顾动把审讯组撤了下来，自己领着罗田和一名女干警亲自上阵讯问。

司敏承认自己认识涂孟辛，说涂孟辛是自己的追求者，她和涂孟辛有着亲密关系，二人于两年前相恋，不，应该说是涂孟辛疯狂追求她。涂孟辛在她身上花了很多钱，二人享受着物质带来的刺激和乐趣，醉生梦死，永远不知所倦。

顾动拿出一枚戒指，慢慢把玩起来："老涂可真是个情种，这些年在你身上花了不少钱啊。""男欢女爱，你情我愿，难道犯法吗?"顾动缓缓道："你知道这个世界上最可怜的是什么吗?"司敏笑了："小兄弟，我谈恋爱的时候，你还在读高中吧?"

顾动道："我一直以为，有的人经历了风霜世事，会变得更懂人情冷暖，看来我想错了。""你想说什么?"

顾动看着她，一字字道："我想说的是，这世界上最可怜的，并不是痴心错付，而是当时惘然，老涂这样的人，你应该遇不上第二个。我们在你供职的银行里，找到了老涂留下的保管箱。"

他拿着戒指，灯光下，戒指闪闪发光。司敏不说话了，顾动的话像一把重锤猛烈地敲打她的心，她突然沉默下来。

顾动把戒指放到一旁，从桌子底下拿出一包证据袋，袋子里装着一枚被砸碎的口令卡。

"知道这是什么吗?"司敏的眼神跳了一下："不知道。""你是不是以为砸掉这张口令卡，就能掩盖一切？这是从你家里搜出来的，上面不光有你的指纹，还有涂孟辛的指纹。"

司敏垂下了头。顾动缓缓道："老涂很胆小，他自然知道侵吞经费会是什么后果，他把所有能给你的都给你了，可是，你是怎么对他的？你把他推向了深渊！"司敏哽咽起来，她看着顾动手里的戒指，两行热泪流下，她不知道涂孟辛原来已经准备好了给自己的戒指，她已经回不了头了！

犯罪嫌疑人的心理一旦被攻克，审讯就顺利起来。司敏交代了一切，她和涂孟辛挥霍无度，最终入不敷出，于是司敏提出侵吞组织经费的想法，涂孟辛一开始胆小畏惧，可是架不住司敏的攻势，最终吐露了自己持有一枚可以截留组织经费的口令卡。

有了这张口令卡，组织源源不断的经费就可以流到涂孟辛这里，这让司敏不能不动心。涂孟辛有过犹豫，毕竟，侵吞组织经费很可能招致杀身之祸，可是对司敏来说，并没有什么关系，她继续像吸血鬼一样压榨涂孟辛。

有些贼船，一旦上了，就很难下船。涂孟辛的心理变化源自一年前的某天，他幡然醒悟，想要从事正当职业，有一些正当营收，为了自己的孩子和司敏，他想摆脱现在的生活。

他开始着手打造他的民宿，民宿的生意慢慢好起来，他开始逐渐远离宋宝飞等人。不料司敏欲壑难填，准备对涂孟辛取而代之，一个恶毒的计划在她心里冒了出来。

"涂孟辛的阳台护栏，是不是你做的手脚？"顾动问。司敏答："是。""为什么？""我和涂孟辛好了之后，发现涂孟辛有个习惯，他喜欢靠在阳台护栏上抽烟，我想制造一个意外。”

“你想制造一个意外？”

司敏眼神暗淡，道：“是的，我给护栏的固定螺丝做了手脚，总有一天他会摔下去。”“你怎么能确保他哪天摔下去呢？”

“我不能，所以我需要等一等。”“要是他一直没摔下去呢？”顾动问。“我等了很久，他一直没有动静，我实在等不了了，我潜入了他的民宿，躲进了阁楼里，准备晚上在他房间里等他，然后把他从护栏上推下去。”

顾动叹了口气道：“可是，你没料到的是，那天他民宿的生意一直很好，直到晚上他才回到房间，而他回到房间之后，又遇上宋宝飞前来找他麻烦。”

“是，我躲在民宿的阁楼里，一直听着房间里的动静。”“为什么要用这么复杂且充满偶然性的方法？涂孟辛信任你，你大可以采用其他简单直接的方法，比如在他的饮食里下药。”

司敏冷冷笑道：“他必须得是死于意外，我才可能顶替他的位置，如果是我干掉了他，‘老头’是不会放过我的。宋宝飞推了涂孟辛一把，涂孟辛掉下了山崖。天助我，结果是一样的。我的机会来了。我在他的房间里翻找，找到了口令卡。我要带着涂孟辛截留的最后一部分钱，远走高飞。”

顾动看着她，觉得这个女人既可悲又可怜。

司敏接着道：“我过去以为，这个世界上，只有钱靠得住。”

“那现在呢？”

“现在……我不知道……我能看一眼那枚戒指吗？”

顾动把戒指递给她，她发现圈口尺寸不对。

顾动道：“一年前，涂孟辛就预感到自己可能会有不测，那个时候你们侵吞了精神导师打过来的经费，他给前妻发了信息，如果发生意外，他让前妻去锦新银行滨海路营业部找他，他有一个保管箱……”

“这是他给前妻的戒指？”司敏顿时有种上当受骗的感觉，她气得浑身发抖。

顾动微微笑道：“那个保管箱里，是他留给儿子的一笔钱。”

“那这枚戒指呢？”

“我可没说过这戒指和本案有关，”顾动一耸肩，“不好意思，这是我给我媳妇准备的。”

14.

随着枪声响起，张小婧带着一队特警围了上来，岳大春自以为甩掉了接应小组，张小婧却听见了木屋外那一声枪响，是警枪无疑。

岳大春是在树林里被捕的，赵渝亲手抓的他。岳大春是他发小，他太了解岳大春了，他生怕岳大春犯傻持枪抵抗，在乱弹中被当场击毙。即便岳大春穷凶极恶，他也应该得到法律的审判。

赵渝也不知道自己在林子里追了岳大春多久，岳大春在慌乱中把枪支都扔到了树林里。两人最后都跑不动了，瘫坐在厚厚的枯草堆上。

“行了，别跑了，后面还跟着这么多警察，你怎么可能跑得掉?”赵渝说。

岳大春说：“凭什么，凭什么啊？从小到大，我都是倒霉的那个，每次都是我输!”

赵渝喘着气，他今天晚上和人凶险夜斗，已经到了力竭的时候，他说：“大春儿，你想想当年在铁厂大院的时候，我们是好朋友啊，每次你输了游戏，我是不是都陪着你一起受罚？”

岳大春犯了浑：“我自己选的路，不要谁来陪着受罚！”

他扑了过去，和赵渝扭打在一处，二人在枯草堆上翻腾、踢打，像小时候在铁厂大院里玩闹，不同的是，如今二人已经长大。人的一生，会面临很多选择的机会，有的选择一旦做出，就意味着走向深渊。

“你醒醒吧，你们不过是炮灰！”赵渝扭住了岳大春的胳膊，“想想你的家人！”

“导师说了，我们一定会胜利的！”

“宋宝飞眼睛弄坏的时候，你导师口中的神呢？都歇菜了啊？”

赵渝一脚把岳大春踢了开去，岳大春打不动了，坐在地上喘着粗气。树林里传来了干警的脚步声，从脚步声听来，没有十个干警也有八个。

岳大春心知大势已定，任他如何挣扎，这一局他还是输给了赵渝。干警围了上来，把岳大春铐住。岳大春被押解上警车之前，和同样被押解上另一辆警车的宋宝飞打了一个照面。岳大春恨恨地看着宋宝飞，说了一句：“叛徒。”

宋宝飞指了指做完手术后包着纱布的眼睛，一字字道：“这才是我相信的光。”

“你不信导师！”

“对，我已经不信他了。”

岳大春一愣，长叹一声，正要开口再说，就被一名干警塞进了警车。

宋宝飞回头看了一眼赵渝，微微鞠了个躬：“你说的，要让我看到我孩子。”赵渝点头：“是，我说的，是看到。”看到，不是摸到、听到，是视觉上的，不是听觉上的，也不是触觉上的。法律保障人权，司法的温暖必能医好他的眼睛，让他恢复视力，看到自己的孩子。司法的公正，也必定会让他承担应有的法律责任。

他认清了现实，看破了精神导师那些极端且洗脑的思想，不再相信导师，说明他从内心深处大彻大悟，悔罪认罪，他知道自己过去之错误，幸得赵渝、顾动等人的挽救与感化。

宋宝飞释然一笑，登上了押解的警车。主犯终于落网。在这一场“越狱逃亡”中，赵渝等人终于感化了宋宝飞，战胜了精神导师的魔。宋宝飞的眼睛一直有眼疾，他曾经不止一次祈祷，希望导师口中的神能恢复他的视力。

精神导师总是给他们洗脑，称自己才是世间唯一的光，要得到自由，必先信他，必先服从于他。现在宋宝飞终于知道谁才是真正的光。法律的温暖和良善，足以照亮犯罪角落的每一处阴暗。

只要你生在这个国度，你就将得到一切法律赋予权利的保障，哪怕你一时失足，游走到了犯罪的渊口。

那枚在司敏家中搜出的、被砸坏的口令卡，也迅速被恢复出来，名单里的每个人都配有代号，宋宝飞叫“油桶”，涂孟辛叫“算盘”，岳大春叫“老头”，司敏叫“火狐”，剩下十人，有人叫“牛头人”，有人叫“豹子”，有人叫“匕首”……各种代号让人看不出规律。好在这张口令卡能迅速揭开每个暗网账号对应的人员信息，专案组就像一个庞大的机器，齿轮快速咬合转动，诸警依照名单里恢复出来的人头线索，逐一抓捕恐怖分子。一场悄无声息的抓捕行动，在夜幕下快速展开。

故事讲完了，大家纷纷关心起顾动来，他一家老小的麻烦事儿解决了吗？

顾婷找到了心仪的工作；顾老爷子排到了陆教授的手术，手术非常成功，现在眼睛已经恢复；顾动母亲的身体也好着，每天广场舞不间断……我问顾动，那你的愿望实现了吗？顾动笑了起来：“我？我就这样啊，三十几岁的男人，活得还算凑合。”

至于大家问到的涂孟辛、宋宝飞、司敏的这个故意杀人案，可真是足以成为一道法考题。

宋宝飞本意是要杀涂孟辛，后来他主动选择了停手，停止了将涂孟辛推向护栏之外的举动，他是在可以继续实施犯罪之时主动放弃继续实行，构成了犯罪行为的中止。

在宋宝飞松手之后，涂孟辛并未死亡，因司敏在护栏上做的手脚，这才坠入山崖，司敏本身具有主观上积极追求涂孟辛死亡结果的故意，涂孟辛在阳台抽烟也好，晾衣服也罢，都处于可能发生死亡的危险之中，涂孟辛的坠崖结果和司敏的行为具有因果关系，她将承担犯罪既遂的法律责任。

刘子娟领走了保管箱里涂孟辛给儿子留的钱，把孩子接到了广东，听说后来生活很美满。

任务完成后，赵渝和顾婷找了个周末去重庆旅游，在观赏两江夜景的游船上，赵渝递给顾婷一个首饰盒，顾婷以为是求婚戒指，结果打开一看，是赵渝的一枚个人立功勋章。这可真是无名英雄的浪漫。

谢谢大家听到这里，我是讲故事的小赖先生。

无边无际

尹浩结婚那一天，冯薇薇出席了他的婚礼。绚烂灯光，璀璨华饰，冯薇薇知道尹浩一直很喜欢古风，所以当他一身唐装出现在众人面前时，她并不感到惊诧。反倒是新娘一身红登场，有些刺眼，让人眩晕。

新娘和冯薇薇认识，等这对新人过来敬酒的时候，冯薇薇端起了酒杯，笑得很开心，她心中想，原来人是可以这么无情的。以前她总幻想成为新娘，穿着一袭白纱，和尹浩慢慢走过红地毯。尹浩曾经说，我结婚那天一定不穿燕尾服，我要穿唐装，让新娘穿传统的红装。

今天尹浩的话兑现，可新娘不是冯薇薇。

邻桌几个富态的女人过来敬酒，冯薇薇快撑不住了，闺蜜顾素欣过来替她挡了一杯又一杯，扶住冯薇薇快要倒的身躯。蓦地，门外传来一阵喧闹，有人在大吵大嚷，尹浩岳父的随身保镖冲了出去，随后传来打斗的声音。顾素欣捏了一把冯薇薇的手：怎么回事，有人闹场？

冯薇薇无奈地笑，她知道，一定是魏大头来了。这个傻瓜，怎么能在别人的婚礼上闹事？对，别人。

外面的喧闹延展到正厅来，果然是魏大头来了，他正跟一帮保镖拆招。场面顿时轰乱，魏大头的功夫施展开来，尹浩岳父的保镖根本不是对手，魏大头三拳两脚出去，就该擒的擒，该倒的倒。

魏大头甩开那群保镖，指着尹浩大骂：你个没良心的家伙！其情势足以让看客以为尹浩和魏大头有点那个什么断袖分桃的暧昧。顾素欣有点紧张，这魏大头是吃了豹子胆吗，敢来尹家闹事？冯薇薇酒意有点上头，只得小声向顾素欣求助：闺蜜，帮我处理一下！

魏大头上前一步，揪起尹浩的衣服领口，锦缎唐装顿时起了褶皱，他大声说：为什么跟你结婚的是她？

他问了两遍，尹浩极力维持住了平素的谦和风度，新娘在一旁花容失色，吓得什么都不敢说。

尹浩岳父喊道：放开我女婿，否则我就报警。老人家马上掏出了手机，顾素欣抢了过去：别，董事长，这事不能闹开，会影响公司声誉的。

顾素欣的机智冯薇薇向来佩服，她是非常聪明的女人，只可惜她会错了冯薇薇的意，这个时候的冯薇薇是多么希望魏大头能马上消失，哪怕是被警察带走。

冯薇薇再也忍不住了，她放下酒杯，走过去，啪——甩了魏大头一个耳光，他没有躲避，冯薇薇歇斯底里地喊：你给我走，走得远远的！

冯薇薇和魏大头是在一个宅院里长大的。他傻傻的模样，魁梧的个头，人如其名，是块木头。魏大头会在炎热的夏夜陪冯薇薇去捉萤火虫，会爬上人家院子里的葡萄架，偷出一串串葡萄给冯薇薇。

记得有年期末考试，冯薇薇考得很糟糕，被罚跪屋里看书不许外出。魏大头翻过院墙，来到她窗前，冒着被冯薇薇老爹抽打的风险，给她送凉糕。

有一次，魏大头为了帮冯薇薇拿回一个被坏孩子抢走的纸飞机，跟人狠狠打了一架，他满身是伤地回来，擦着鼻涕跟她说：小丫头，你看，没人敢欺负你。

魏大头从小是成都体操队的。成华东郊厂区外的体操班，是管教熊孩子最出色的地方。魏大头进了体操队，又跟着散打师父学了一段时间，立志要当一名大侠，保护像冯薇薇这样弱不禁风的人。

现在，这样的情形又发生了，魏大头站在冯薇薇面前，斥责着尹浩，可是冯薇薇竟然打了魏大头，这一耳光打到他脸上，冯薇薇马上就后悔了，她不知道自己为什么会如此失常。

冯薇薇伸手去摸魏大头被打红的脸，他站在那里，似乎对外界失去了反应。她想，他一定没有料到她会这样给他一耳光。

魏大头仿佛被卸掉全身功夫的废人，任由几个保镖过来架了他的双手往外面拖，在他被拖出大门的时候，他转过头来看了看冯薇薇，冯薇薇已经泣不成声。魏大头大吼一声，颇像武侠小说里走火入魔的欧阳锋，他挣开几个保镖的束缚，飞奔远去。

话说魏大头对冯薇薇，就像大哥哥对待小妹子一样。

魏大头手上一直戴着冯薇薇给他编的平安结手链。那是冯薇薇花了一个月时间跟一个从云南来的少数民族姑娘学的。

高考后，魏大头上了警校，和冯薇薇各奔东西。高中毕业晚会那天，魏大头对她说：上大学会不会害怕啊？我会保护你的，你打个电话我就飞奔来了！

魏大头你是傻的啊？上大学多快乐啊，怕什么呀！冯薇薇笑着把手链给他戴上，说：爱护这条链子，就是保护我了。

魏大头皱着眉头，说：警校不让戴首饰。

冯薇薇踹了他一脚：你可真是块大木头。

在冯薇薇的记忆里，和尹浩在一起是大学的时候，他跟魏大头不一样，他的儒雅与谦和总是让她愉悦。他会在她生病的时候送来药片，偷偷跑进女生宿舍端茶送水。他会记得她的生日，变着花样哄她开心。即使有误会、发生口角，他也会淋着雨站在女生宿舍楼下喊着她的名字。

冯薇薇开开心心地在电话里把这些告诉魏大头，她天真地想，他一定会为她高兴的。

魏大头沉默了半天，只简单地问了问：他真的对你好吗？

冯薇薇充满幸福地“嗯”了一声。

魏大头笑着说：那就好，记得告诉他别欺负你，不然老子揍他。

然后魏大头转移话题，跟冯薇薇一起嘻嘻哈哈。

刚上大学的时候，每个周六晚上魏大头都会给冯薇薇打电话，陪她聊天，自从她有了尹浩之后，两人的联系便日益减少。偶尔魏大头会发来一两条信息，让她注意天气变化之类的。

大三下学期放假回家，冯薇薇带男朋友尹浩回老家，见了一次魏大头，彼时他一身警察制服，英气逼人，人变成熟了，是个刚毅汉子的模样。

魏大头见面就夸冯薇薇变漂亮了，冯薇薇长叹，这块木头终于会说好听的话了！

魏大头说：我在实习啊，有时间再联系。然后就离开了。看着他离开的背影，冯薇薇突然发现，他们二人越来越远了。

大学毕业后找工作，幸福再次降临到冯薇薇和尹浩身上，二人在同一家公司找到了工作。冯薇薇还认识了顾素欣，这个聪明非常的女人，感情经历却是一片空白。没过多久，顾素欣成了冯薇薇的死党。

有一天，冯薇薇突发奇想，想撮合顾素欣和魏大头。她给魏大头打电话：我觉得吧，你们俩的性格太互补了，见个面，吃个饭吧！没准能谈成！电话那头的魏大头听了，沉默了好久。冯薇薇问：喂，你在干啥？魏大头说：我在收拾个街娃，把我手划伤了。

冯薇薇有点紧张，喊了几声，电话那头没声了。又过了几秒，魏大头说：这事儿你看着办吧。

冯薇薇和尹浩特意挑了一个风和日丽的好日子，带着顾素欣去见魏大头。见面的咖啡屋叫初见。人生若只如初见。

面对魏大头，顾素欣竟然脸红了，这个平素口若悬河的女人。

冯薇薇见魏大头手上有伤，问：大头哥，你咋了？魏大头轻描淡写地说：没事。他聊了一会儿自己工作方面的事情后，手机响了，他站起来说单位有事要马上回去，就走了。尹浩说：我送你。魏大头斜了一眼，说：别，我骑车。

顾素欣和冯薇薇坐在咖啡屋聊了一下午，关于魏大头这个人，顾素欣觉得他是个工作狂。

顾素欣突然笑着说：其实，我觉得你跟他才应该走在一起呢，青梅竹马的。

冯薇薇笑了半天：你就瞎扯吧你，这是我老哥，这年头谁还流行青梅竹马？

顾素欣拍着她肩膀：你没想过青梅竹马的事，你敢保证你这老哥也没想过？

冯薇薇一愣，半天没说出话来。

在公司上班，冯薇薇接到的第一个任务是去谈妥一批货品，时逢淡季，对方不接这个单子，冯薇薇见完不成任务，急得像热锅上的蚂蚁。尹浩和顾素欣陪同领导外出开会去了，无助的她立刻想到了魏大头。

魏大头就像孙悟空呼唤的土地公公一样，随时，随地，都能叫出来。

冯薇薇告诉魏大头：我有麻烦了。

土地公公魏大头立刻现身。

那天，魏大头陪着冯薇薇一起游说客户。他顶着大太阳，为她撑着伞，跑得汗流浃背。他们在对方的会客厅里等到很晚，那个老板才终于现身相见。不管冯薇薇怎么说，那个老板就是不肯接这个单子，魏大头本就不善言辞，苦苦哀求那个老板，冯薇薇看在眼里，心里一阵一阵地痛。

魏大头从小就是这样，为了冯薇薇的事情，全心全意。

最后那老板经不起车轮战，终于松了口。老板笑眯眯地看着魏大头：年轻人，我欣赏你，虽然口舌笨了点，但有情有义。

搞定这个任务之后，冯薇薇请魏大头吃饭。

魏大头问她将来的打算，冯薇薇笑着说：我比较平凡，能跟尹浩在公司稳定下来，然后结婚，好好过日子，就很幸福了。

然后她问魏大头将来有什么打算。魏大头沉默了半晌：我想在岗位上好好干，我想保护更多人，就像以前保护你一样。

冯薇薇看着魏大头，眼睛眨也不眨，觉得他一下子高大起来。她笑着说：好一个宏愿呀，不管你做什么，记得那个平安结，那是有念力的物件，会保护你的。

魏大头从衣兜里掏出平安结手链，说：对不起，我是无神论者，但如果给我机会，我下辈子还保护你。

人会有下辈子吗？当时的冯薇薇并不知道答案，这辈子都没过够，谈什么下辈子？

魏大头把筷子放下，说：我有任务要出个差，很长一段时间不会回来。

没事的，你要是闷了，我给你打电话。

不用了，你联系不上我。

冯薇薇几乎是最后一个知道尹浩和公司董事长女儿在一起的人，顾素欣提醒过她，可是她迟钝地以为那只是尹浩工作需要。冯薇薇突然有一种无力感，尹浩甚至连一个合理的解释都缺位了。这可真是俗套的情感戏剧情！

接着，尹浩和千金订婚了，董事长为他们开了一个舞会。

那天晚上，冯薇薇和顾素欣一起去喝酒，大醉了一场，冯薇薇拉起顾素欣的手，邀她一起去大学母校看看。

她们坐在车上，冯薇薇透过车窗看着万家灯火，璀璨万分。这个时候，尹浩正穿着帅气的燕尾服，和穿着晚礼服的千金小姐跳着优美的舞，而在那条冯薇薇和尹浩曾经牵手走过的大学校园林荫道上，仍然是人影憧憧，其间有人走得匆忙，有人甜蜜漫步，谁会在意一个不起眼的女子在角落里号啕大哭。

哭累了她就掏出手机，给魏大头打电话，想要像小时候在院子里被别人欺负了一样，找魏大头哭诉。

她喊了几次她的土地公公。随时随地随叫随到的土地公公，这一次没有现身。

她真的联系不上他了。

尹浩和千金结婚了，顾素欣劝冯薇薇不要参加他们的婚礼，冯薇薇固执地去了，她知道，只有这样，她才能完成自己的成全。

她没想到的是，魏大头居然神兵天降！他不知从哪儿得知了消息，跑来质问尹浩，大闹了一场，那一耳光甩在魏大头脸上，连顾素欣都吓了一跳。等冯薇薇追出去的时候，魏大头已经不见了踪影。

顾素欣站在冯薇薇背后，说：其实你们都没错，只是爱人的方式不同。

冯薇薇站在原地，天空不住旋转，她的眼泪哗地流了出来。

那天之后，冯薇薇再度失去了魏大头的音讯，顾素欣陪着她问遍了所有他可能出现的地方，都没有消息。

我突然好怕再也见不到他。

顾素欣问：你怕的到底是什么？

我不知道，可能是那一耳光，如果我再也见不到他，那么我亏欠他的就不是一耳光这么简单的了。

日子还是一如既往的平淡，冯薇薇换了份工作，顾素欣在原来的公司升为了部门主管。冯薇薇看着日历一天一天翻过，每到周末她就会到魏大头家里看看，帮他父母做做家务。小时候魏大头跟冯薇薇说过，他妈妈挺喜欢冯薇薇的。

魏大头的父母只知道儿子出任务去了，去哪里没有说。冯薇薇想，那条平安结手链会好好保护他的，他一定会完成任务归来的。

十月的一天，冯薇薇见到了尹浩，在一个舞会上。他还是那么儒雅谦和，身边的爱人知书达礼，两人很般配。远远地看着，冯薇薇心里终于释然了。直到有一天，噩耗传来，魏大头在云南缉毒的卧底任务中牺牲了，他为了保护证据，暴露了身份。因为魏大头的努力，毒枭被捕，受到了法律的制裁。战友收殓他遗体的时候，发现他手里紧紧地拽着那条平安结手链。

原来，大闹尹浩婚礼那一晚，正是他出发去执行任务前夕。

魏大头说过，他想保护更多人，就像以前保护冯薇薇一样。

冯薇薇拿着那条托寄回来的平安结手链，世界几近失重，整个天空哗啦一声，哭了出来，淋湿了她的全身。其实她早该知道，魏大头的爱是可以保护许多人的。

爱的终点有许多种，遗憾却无边无际。

人间何所以

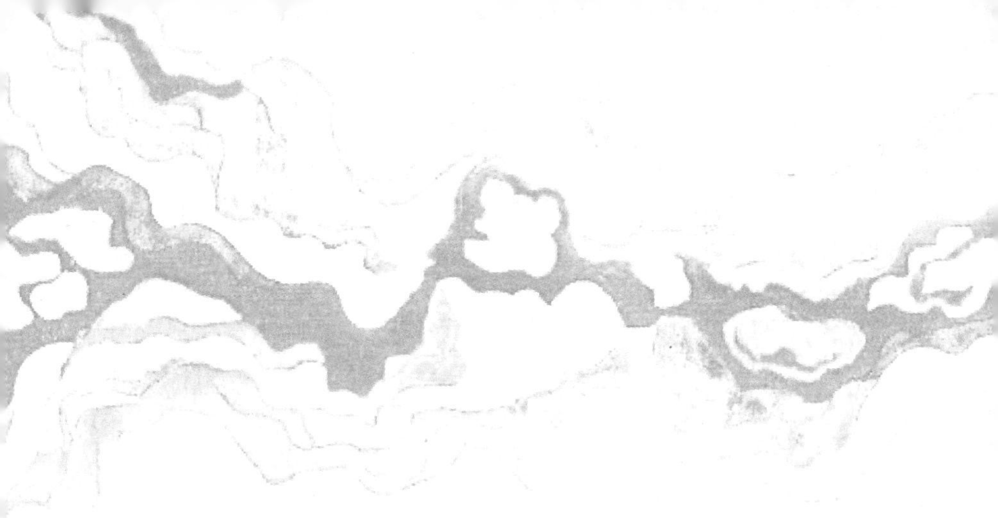

欧阳莲生离开的时候是凌晨，她穿好衣服，给我做了最后一顿早餐。巧克力牛奶的气味让人在睡梦中都香甜。淡淡的杜若花香的信笺，上面写着：你醒来时，我已经在去西藏的火车上了，记得用微波炉热早餐。信笺最后是一个大大的笑脸。

看着这样洋溢着幸福的留言，很难想象她刚刚经历了一场旷日持久的“情感战争”，战争的主题并不是俗套的出轨与破裂，而是恐婚。

生活和自由，到底要选哪一个？这样的主题竟然能上升到“全武行”和“反家暴”，这着实有些少见。

阳光洒进屋子，卧室里有种空虚的感觉，我起身拿起信笺，这一刻的感觉，像是刚刚见到她——敲门声响，我打开门一看，一个浑身湿淋淋的女子站在我面前，眉目清秀，翘睫生辉。她叫欧阳莲生，是摄影系有名的人物，我在老友阿杜的摄影展上看到过她的一幅作品，非常喜欢，然后跟她一阵攀谈。

后来听阿杜说，她在找写真画师。迫于房租的压力，我接下了这个活计。她很开朗，交谈几次后我们就熟识了。

她的摄影作品跟她当时的装扮一样，湿淋淋的，冒着水汽，给人迷蒙的感觉。她习惯在下大雨的时候不打伞，然后落脚我的屋檐，笑吟吟地进来讨一杯咖啡。怎么，不欢迎我？我笑着说：这么晚了，你还往学校外面跑，当心我告诉你系主任。欧阳莲生笑道：不怕，要是系主任问起，我就说我到美术系的大画家那里给他当模特去了。我连忙摆手：这个帽子太大了，我可戴不起，不过一杯咖啡还是有的。欧阳莲生走进来的时候，我闻到她身上的香，是刚沐浴出来的味道。

我在学校外面独自租房子住，因为学校里的喧闹让我无法安心作画。小屋子里放着我的画架、油彩和笔。一台老式唱片机，放着王菲的歌，再点上一支烟，看着窗外的枫树泛黄落叶，倒是很不错的酝酿情绪的方式。

欧阳莲生第一次来的时候穿着绛紫色的连衣裙，很随便地扎了一个马尾。她走进来的时候，吃了一惊：原来大画家的工作室这么乱？那天下着大雨，她一个人拿着相机，从远处跑过来，用力地敲门，喊我的名字。我问：下这么大雨，跑出来干什么？她说：摄影啊。我又问：为什么不打伞呢？

傻子，拍的是雨景，要亲身感受嘛。

你还真执着！

她说：彼此彼此，不然你也不会跑出来租一间屋子了。

关于创作，总是有让人执着的理由。

欧阳莲生告诉我，她喜欢我的画，希望能做我的模特让我为她画一张，我答应了。于是在我的小屋子里，欧阳莲生一丝不挂地展现在我面前，她的身体是完美的、纯洁的，我相信这个世界上没有任何一个画家能绘出如此美丽流畅的线条。

给欧阳莲生画肖像，我画了很长时间。我画过的女孩子不少，可是我画欧阳莲生的时候，却有种心跳脸红的感觉，欧阳莲生对着我笑了，“无邪”这两个字看来要重新定义了。这幅画快画到一半的时候，欧阳莲生突然喊停，一个陌生男子出现在我窗前，他撑着伞，神色委顿无奈。欧阳莲生告诉我，他叫黎安阳，是她的男朋友。

我转过头，与他四目相对，脸上滚烫莫名。黎安阳离开的时候说了一句：我煮好了汤，等你回来。

我问：还接着画吗？

欧阳莲生神色默然，说：没关系，接着画。

欧阳莲生告诉我，黎安阳比她年长五岁，是个富家子弟，家境殷实，他自己在金融系统工作，有稳定的收入和广阔的社会关系。她和他同居很长时间了，黎安阳一直照顾着她。我问：你爱黎安阳吗？她说爱。我问：有多爱呢？不知道。那怎样的才叫爱呢？欧阳莲生笑：是每天做好早餐煮好汤，是每晚握着我的手静静入睡。

然后欧阳莲生皱起眉头说：可是黎安阳不想我搞摄影，你知道吗，他只想让我做家庭主妇。

这话我真是没法接！

她是流浪的，从不愿意停下，就像一阵风，自己都不知道会在哪里落脚，反正总是追逐着美好的事物。黎安阳是宿命的，求一个安稳的温暖小窝，没有物质上的担忧，也没有过多精神上的追求。

我叹了一口气：黎安阳不会欣赏你的作品，是不是？欧阳莲生说：生活和自由，到底该选哪一个？我摇着头说：其实你能那么热情那么执着是因为还年轻，创作和生活是不一样的，爱情和生活亦有区别。欧阳莲生告诉我她最想去西藏，因为那里可以拍到最蓝最纯净的天空。

她不断地要求我为她作画，过完这个夏天，我整整给欧阳莲生画了五十二张画，我仿佛贪恋她的身体，而她爱上了做模特的感觉。她告诉我：你知道吗？只有在你画我的时候，我才可以感觉到，我的身体，我的生命，是自由的。这五十二张写真，逐渐成了业界的热潮。

在佛罗伦萨的画展上，一幅写真被人高价买下，买主是黎安阳。我隐隐觉得黎安阳跟我之间有什么事情要发生了。我和黎安阳见了面，在一家雅致的咖啡厅。黎安阳给我的感觉是个绅士，他慢慢地说话，慢慢地拿起咖啡杯，慢慢地问：你那里还有多少欧阳莲生的画，我都买了。

我有点惊讶：你也喜欢画？

黎安阳说：不，我对这些没兴趣，我只是希望欧阳莲生开心，如果可以，我甚至想买下你，每天给她画画。

很抱歉，你买下我，顶多只能让你自己开心，她不见得能多开心。我知道欧阳莲生怎样才会开心，欧阳莲生要的不是画，也不是被人画。黎安阳，你不懂她。

这一次，欧阳莲生来我屋子也是雨天，她撑着伞，进来的时候告诉我她和黎安阳断断续续吵了一个月的架，她不想再回去。我问：我能帮你做什么？欧阳莲生说：画我吧，留个证。她脱去衣服，身上有瘀青。我放下了画笔，问：怎么了？

她苦涩地笑：我要远行了，一个人。

我问：你事前没跟黎安阳商量吗？

欧阳莲生说没有，商量与否，结果都是一样的。黎安阳就像一个精致的雀笼，可以给你栖身，却要你付出自由的代价。

婚姻真让人恐惧啊，当所有的激情变成柴米油盐之后，一地鸡毛能忍耐多久呢？我听法学院的同学说，离婚要起诉两次，中间间隔六个月证明感情确系破裂，就算是协议离婚，也还有冷静期。我已经够冷静了……

我对欧阳莲生说：如果你不想回去，可以住在我这里，晚上我睡沙发。

再次见到黎安阳，他神色委顿，头发凌乱，还是那间咖啡厅，黎安阳没有了高雅的绅士风度，他拉着我的衣角求我把欧阳莲生还给他。我无从辩解，不是我抢走欧阳莲生，谁也抢不走她，她就像风，属于自己。

黎安阳来我屋子闹过一次，借着酒劲把我的画室砸了一遍，我没有阻止，欧阳莲生也没有阻止。欧阳莲生哭了，她是爱着黎安阳的，最后黎安阳醉倒在地上，头碰出了血，血流不止。

我背起黎安阳，往医院跑，黎安阳伏在我背上，喊着欧阳莲生的名字。我暗自好笑，我只是老友阿杜介绍的画师，仿佛是莫名的际遇，居然和他们串联到了一起。

我想起我是欣赏欧阳莲生的一张摄影作品才对她产生好感，后来接下写真画师的活。那张摄影作品是这样的：一个貌美的女子端坐着，一袭轻纱若有似无的薄，正对着一个神色落寞的年轻男子，细致作画。一瞬间，我与这个画面产生了共鸣。

欧阳莲生一边哭，一边跟着跑，黎安阳一遍一遍喊着欧阳莲生的名字，我才知道他用情至深。把黎安阳安顿好已经后半夜了，欧阳莲生守在一旁一直没有离开。

回到被砸得乱七八糟的画室，我心中有些不忿，横刀夺爱这种事，挺爷们儿的。

我问欧阳莲生：到底该怎样去爱一个人？用什么方式去爱一个人才不是自私？黎安阳不好吗？

欧阳莲生说：我爱黎安阳，但这不是我想要的生活。

我像是鼓足了所有勇气，问：那我呢？

欧阳莲生说：你可以画我，但这不是生活，是艺术。

我问：欧阳莲生，你想要的到底是什么呢？

那晚，我和欧阳莲生都没有睡觉，夏天的夜晚总是闷热的，打开窗户有丝丝微风吹进来，我们坐在阳台上聊了很久。飞来几只萤火虫，屋子里没开灯，萤火虫就显得特别清晰，微微发着光，让人迷惑。我突然很想亲她一下。情不自禁的吻，和心心念念的想念，都是情感最单纯的状态。然而我没那样做，我听见唱片机里放着《再见萤火虫》，很是应景。

欧阳莲生问我：如果我要去流浪，你要跟我去吗？我想都没想，一口答道：会的。欧阳莲生捧起一只萤火虫，笑得很甜：你说过，我是风，没有什么是可以陪伴着风的。

天亮了，我还是没有亲欧阳莲生，我知道她终是要走的。欧阳莲生离开的时候，给我准备好了早餐。

巧克力牛奶的气味让人在睡梦中都香甜。淡淡的杜若花香的信笺，上面写着：你醒来时，我已经在去西藏的火车上了，记得用微波炉热早餐。信笺最后是一个大大的笑脸。

这才是她开心的方式，关于流浪，关于追逐自己想要的东西，关于最蓝最纯净最亮的天空。而我只能是一夜忽明忽灭的萤火虫，天亮了，微光就灭了。

我起身收拾画室，看到她的画像，画中的欧阳莲生对着我笑，是那种迷蒙的美。只是这个笑容昨晚离我好近，今天忽然离我好远好远。

从那以后，我只能在朋友圈看到她，她去了拉萨，去了阿里线，去了那曲，去了日喀则，去了珠穆朗玛，去了羊卓雍措……后来的她，又去了很多地方，去了珠海，去了香港，去了巴格达，去了伊斯坦布尔，去了罗马……很多很多，她一直在行走。

有的人生来就是一阵自由的风，风是不会停留的。我偶尔还是会想起和她相处的那段时光，听见唱片机单曲循环地播着：萤火和我一起沉默，躲在黑暗角落。回忆不停地错，画面不停地过，别闪烁，别闪烁，那是忽明忽灭的传说，别留恋，别留恋，那是熄灭没有的结果，若囚笼注定堕落，天亮，请吻我。

浅喜似苍狗，深爱如长风。歌里没教人对错。对了，关于自由和生活，你选哪一个？

罗赛的春天

1.

我想了很久都不知道这个故事该从何讲起。前些日子状态不佳，生活中、工作中哪儿哪儿都不对，友人致电我，邀我去雅江寻他，自驾 318 国道之余，还能一抒胸闷之气。

说来惭愧，这些年一直没能深度体会这条“此生必游之路”。我对雪山草原的印象，还停留在当年拍雪山传奇剧集时，跟随蔡导、制片人玖哥等人寻找适合的拍摄场景。导演是我国台湾地区人，后移居北京，未曾见过蜀山雪山场景，我描述再三，终不能穷其万一，于是自告奋勇，领着地面团队向达古冰川而行。

过往创作之快事历历在目，今次友人发出邀约，我便问他可有故事。友人长居高原之处，性情格外爽朗，有无故事你来便知。

我想，友人长期从事基层审判工作，想必故事很多，去泡他几天案例，给自己找点剧作素材也不错，便约上郑姓导演、王姓好友等一路前往。

这一趟寻剧之路，颇为曲折，而所得之故事也有新意，关于年轻人的春天，关于光照到的地方。

2.

二十出头的罗赛和小伙子们吹了一天的牛，他站在广阔草地中心的一块红石之上，小伙子们围着他，远远看去像一群佞臣簇拥着一位刚刚得志的将军，既要巴结他，又要捧杀他。

红石是这片土地独有的产物，离开了这里的海拔，就很难在别处寻到它。镇子里的老人说，这些红石就像是高原上的向日葵，总是向着太阳，向着光照的地方。仔细去看罗赛脚下的红石，它并非通体红色，只有裸露向阳的一面呈红色，而晒不到太阳的一面，依然石青如铁。

放牧的小伙子喜欢聚在一起吹牛，这里的吹牛，并不是夸张或者吹嘘、欺骗的意思，在这淳朴而独特的语境下，吹牛又叫吹壳、冲壳，是在牧牦牛、牧羊时大家聚一起聊天打发时间的意思。

年轻人在草地上旷日持久地吹牛，从太阳上山吹到太阳下山，吹到草地上长出云朵高高低低的影子，石头峭壁上爬满鱼鳞般层叠的夕照，吹到雪山化了，浮藻停了，杜鹃开了，日光鸣金收兵不再占山为王，月光听见了集合的马哨，卷着夜色，奔腾而来，围住了红石滩。

年轻人的青春像是永远用不完般，只要银瓶的盖子一翻，倾倒出来的笑声立马能跟着风儿跑，跑上天，包裹住飘散的彩幡。

罗赛和小伙子们吹牛的主题，吹来吹去就一个：阿木村的阿妹谁最漂亮。不过所有人都晓得，罗赛暗恋马家的三妹子很久了。这个所谓的暗恋，就是当事人不知道，而周围的闲杂人等全都知道。

罗赛不敢向马三妹袒露心声，因为罗家在阿木村是小门户，马家却是大族。小伙伴问罗赛：你这痴心就好比去月亮上找仙女，罗赛啊罗赛，你该怎么办？罗赛抓着头：我先把家里的牛羊放好。小伙伴说：马家的牛羊比你家多得多，你把牛羊放好有啥用？罗赛啊罗赛，你该怎么办？

罗赛说：我一定会让马三妹喜欢我，只要她喜欢我就好了。小伙伴笑了：她怎么会喜欢你这个又没钱又爱吹牛的人？罗赛啊罗赛，你该怎么办？

罗赛说：我的歌声亮，我每天晚上都去她家石头房子下唱歌，她总会被我打动。

小伙伴皱起眉头：马三妹的两个哥哥都凶得很，他们只喜欢勇猛的人，不喜欢唱歌的，罗赛啊罗赛，你该怎么办？

罗赛这下不说话了，马老大和马老二确实不好搞。他想，马老大是不是又在放獒？

马家老大喜欢獒，每天都带着两头獒在村里转。獒有人高，重如虎猫，迎着阳光黑毛发亮，走几步呼气如风，隔着老远就能感觉到凶兽之气，一条胳膊粗的铁链拉在马老大手里，有种拿捏众生的感觉。马老大的生活很规律，每隔五天要带獒去会友。獒友们在山坡上的酒肆相聚，互相交流养獒心得。马家是村子里的大族，头人在高原上一言九鼎，马老大今年三十六，正是接替头人的年纪。族长可不好当，高原上可不管什么嫡子、长子，马老二对他虎视眈眈。

马老大性格内里多和善，其实并不爱斗狠，可是没法啊，这山高皇帝远的，要是太软弱，马家的虫草生意怎么办？马家的牛羊生意怎么办？马家的药材生意怎么办？马老爷子给三兄妹说了，要守业，得养獒。为什么？养獒可以壮声势，可以吓唬人！獒是猛兽，能驯服猛兽的人，才是真勇士。马老大小时候其实不喜欢獒，有一次，他跟着家里的长辈外出运黑石头，夜路上被人揍了一顿，黑石头也被抢了。他回家被马老爷子狠狠骂了一顿，老爷子牵了两条小獒崽给他：喏，养着，养大了就不怕了。老爷子说，獒是最忠诚的动物，只认一个主人，你养它，它就只认你，这比人强。打那以后，马老大才开始养獒，他养獒就是为了看家看人，属于文养獒。

马老二就不一样了，骨子里天生好斗狠，属于武养獒，酗酒斗奘是常态。他横行一方，玩弄妇女，是个流氓。马老爷子生前骂也骂过，打也打过，马老二就是改转不了，在村里人见人怕。

罗赛暗恋的就是马三妹。小伙伴说得再对也没有了，马家哥哥不喜欢他。这种不喜欢不光源自门第，还因为罗赛的性格。他多愁善感，软弱和善，在村里被叫作老好人。罗赛是在赛歌会上见到马三妹的，他的魂像是被她的歌声勾走了。那天马三妹唱了一首歌：红红的石头哟，那是光的侧脸。最美的姑娘和月光面对面，太阳下的金桥哟，把我带到阿哥边，大山外的世界，我们去看一看。

罗赛也跟着唱：月光下的五彩桥哟，把我带到三妹边。只要你愿意，天上地下不分开。

马三妹脸红了，隔着人群看着罗赛，仿佛目光就是那座金桥、五彩桥，能架过两人的悬殊，把两颗心连接到一起。

罗赛的老母亲劝过罗赛：别去招惹马家，咱们攀不起，也惹不起。马家兄长也留意到了罗赛。马老大说：这小子眉清目秀，歌声清亮，想必内心也是清澈。马老二说：是不是我马家的人，我去试一试就晓得。

马老二内心有个小想法，马三妹虽然占三，却只是堂系亲，属于马老二的堂妹，他可没把马三妹当亲妹看，他的想法就是赶紧把她嫁到隔壁村的殷家去，联合殷家壮大自己的药材生意，架空马老大。马三妹自己选的汉子，要是成家后和马老大抱团怎么办?

马老二牵着他的獒去了罗赛家，把罗赛约出门来，两人站在场坝上，太阳把二人一獒晒成了小小的黑影。罗赛先是好礼相待，且听马老二说：我马家世代养獒，我三妹也养獒，如果獒不喜欢你，你小子就识相滚远些。罗赛尚未说话，那獒就扑了过去，那獒吼叫一声，露出比熊狼锋利的爪牙，罗赛大喊一声，吓得瘫坐在地。马老二哈哈笑，他拉住獒，看着罗赛屁股下的一摊水，说：屄货。

3.

小郭抱着厚厚的卷宗小跑上了楼梯。县法院的段玉森是老法官了，小郭是他的助理。段玉森看着又送来的卷宗，推了推眼镜，案子越压越多，案头都放不下了。

对于基层法官来说，永远都有阅不完的卷。段玉森今年四十六岁，带过很多法官助理，小郭算是他比较满意的一个。他带过的法官助理，大多是初出校园的年轻人，凭着一腔热血投身基层工作。不过能坚持到最后的还是少数，高原地区的基层法律工作，和外界想的不大一样。年轻人熬不住，待上一阵，就各显神通，设法调走或者考取高就，所以有句话叫：铁打的老段，流水的法助。

小郭今天送来的案子有些麻烦，小郭自己已经做了一些初步了解，案情不是特别复杂，个中细节须待进一步推敲。老段问：麻烦的地方在哪儿？小郭答：要外出开庭。外出开庭有什么麻烦的？小郭说：是高原边上的阿木村。老段推了推眼镜，已经很久没有接到阿木村的案子了，他算了算行程，阿木村路途遥远，开车一天，骑马一天，总行程两天能到。距离上一次阿木村来案子，已经过去两年。阿木村的案子大多通过村约族规、头人调解消化掉，很少进入司法途径。

对于偏远的高原地区来说，这些约定俗成是司法的有益补充，能便捷快速地处理许多民间纠纷，同时又能最大程度地平息矛盾。都是一个村里的，都是一个族长，有什么不能“内部解决”？打坏了东西赔钱，牛赔牛，羊赔羊，各自算清账，各自领回家。去法院干什么？费劲。

老段问：能告到这里来的，是什么案子？小郭说：打死一头獒。獒可贵了，谁的獒？马家老二的一头獒。谁打死的？阿木村的一个小伙子，叫罗赛。那他是被告啰。也不是。到底谁是原告，谁是被告？老段被小郭弄糊涂了。得，小郭你别说了，老段我自己看起诉书吧。老段拿过起诉书，眼镜差点掉下来，原告马三妹，被告马老二，告诉事由是侮辱。

老段细细看来：马老二的一头獒失控扑咬同村青年罗赛，罗赛还手将獒打死，马老二纠集村内势力要求罗赛赔偿六十万人民币，罗赛无法清偿，寻来族人求情，双方经过族长调解，同意放弃货币赔偿，但必须赔礼道歉。

老段看到这儿，想这事不就已经结了吗？族长调解，向来有权威，双方冲着族长的面儿，基本都能和气收场，马家在阿木村有些势力，也不缺这笔款子，无非就是一口气不顺。

可是如果这样就善罢，为何一纸诉状还大老远地递到了他老段手中？

小郭接着指引老段向下看去，这事儿还有后续。马老二同意放弃货币赔偿，却对赔礼道歉的仪式不依不饶，他把村里熟识的人都约上，乌泱泱一大片，要罗赛来个当众道歉。罗赛这小伙子多半心里有愧，打死了他的爱犬，给人赔礼道歉也是该的。当他正要跪礼，马老二却告知不是向他个人道歉，而是向被打死的獒跪地道歉！罗赛迫于压力，完成“跪狗”，成为村里笑柄。

两天后，罗赛因为羞愤难忍自杀身亡。

状纸是马三妹请人代写的，老段看完后，心中有疑惑。他问小郭：为什么是马三妹来告马老二？小郭也觉得奇怪，侮辱属于自诉案件，马三妹不是当事人。

小郭追问：罗赛打伤烈犬，是否属于避险？老段说：这就要看当时的情况到底有多危险。獒属于危险犬系，对人构成重大威胁，如果是失控后扑咬人类，罗赛为求自保还手，造成犬类伤害乃至死亡，是构成无责的。如果獒已经停止了扑咬，罗赛继续打击，那就另当别论。

老段分析起案子来，思路异常清晰，有个疑点在于，罗赛身高体形几何？獒的力气很大，成年男性要赤手空拳打死一头獒，并不是容易的事，那么罗赛到底有没有使用工具？如果使用工具，这工具是他蓄意准备的呢，还是临时捡拾的呢？这对判断他打死獒的责任有很重要的意义。如果罗赛打死獒，根本无责，那后面的族人调解就无从说起。

小郭说：可是罗赛接受了族人的调解，跪狗道歉以换取货币免偿，如果双方都能接受，其实并不必然造成不良后果。

老段抛出一个问题：那你认为，人跪狗，是不是侮辱？

小郭答不上，寻思从动物伦理出发，到底应该怎么看待这件事。有的人还不如动物，谁说人就一定比动物尊贵？草原上的獒比任何人都忠心。有的獒跟了老牧民一辈子，比儿子还亲。罗赛自杀，到底是不是因为受辱，还有没有别的因素？

老段半阖上眼睛，他背后的玻璃窗透进光来，把他的轮廓勾出一道金边儿。他又念叨起了他的口头禅：案件不是简单的文本，而是别人的人生。

小郭琢磨这句话，问出了一个案外的问题：马三妹和罗赛什么关系？

是啊，这个案子有隐情。这一次，族规和宗亲文化管不住，老段半阖的眼完全闭上，思绪像是已经驾着马，奔往阿木村的山路。

41.

爱情就像牛皮鼓面，绷得越用力，声音就越响。罗赛的思念像阵风般，完全不受控制。自从马老二给了他一个下马威后，他彻底反省自己，怎么会被吓得尿裤子？怎么会这样？难道自己真的是㞞货？马家兄长不喜欢我，我要放弃吗？

他彻夜难眠，推窗而出，只见头顶星空浩瀚，雾气笼罩山坳。静谧的夜晚里，他想起了马三妹那柔情百转的歌声，歌声在他心头升起阵阵暖意：红红的石头哟，那是光的侧脸。最美的姑娘和月光面对面，太阳下的金桥哟，把我带到阿哥边，大山外的世界，我们去看一看。

不，爱情是强大的，我不能退，我罗赛要证明自己。

天亮后，他做了一个决定，从老牧民那儿换得一头獒崽，花了自己一半的羊。老牧民向他倾囊相授獒崽的培养方法，他又搭上了一头牛、两袋面。养獒有什么难的，他一定可以证明给马家兄长看！

马老二把验证结果报告给大哥，马老大犹豫了一会儿，问马老二的意见，马老二说不同意，这不明摆着吗？他怕獒怕成那样，以后怎么进马家的门？马老大寻思是这个理，那谁去给三妹表达这个意见？马老二说：我不去说，三妹不听我的。马老大没辙，这丑人只有他来当了。

爱情就像牛皮鼓面，绷得越用力，声音就越响。马三妹和马老大发生了激烈的争吵。马三妹决定和罗赛交往！

马老大发怒了，气得整个人都在抖，他觉得自己能够掌控妹妹的想法，没想到这世界上最不能掌控的就是男女之间的感情。你越是压制它，它就越反弹。每个有着控制欲的人，都以为自己能掌控一切。当马三妹和罗赛交往的消息钻到马家人耳朵里的时候，马老大感觉自己尊严扫地。他叫来马老二：你怎么办的事！

马老二说：罗赛这小子定是花言巧语把三妹骗了，这屃货上次被我吓得不轻，我再去吓他一下？

马老大说：去吧，但是别弄过火了。马老二于是带着他的獒出门了，他在村里找了一天罗赛未果。罗赛哪里去了？罗赛和马三妹骑着马外出了，两人去到了林深处、花丛中、溪水边、雪山下，两人像有说不完的话。

马三妹有些担心，要是哥哥继续不喜欢罗赛，该怎么办？罗赛拉着她的手说：别担心，我在学一件事。什么事？养獒！罗赛说出这两个字的时候，眼睛都在放光。马三妹问：你哪里来的獒？罗赛说：老牧民那儿讨的，用了一半的羊。马三妹笑他傻瓜：你被敲杠了！罗赛说值：他还教了我养獒的法子。马三妹笑得脸颊绯红，春风温柔。罗赛拉起她的手：我们是人，人就有情感，我们不是獒，为什么要斗来斗去？马三妹呆呆地看着罗赛，傻小子居然也能说出这么有哲理的话来。罗赛唱起了清亮的歌，远处的雪山醉了，远处的夕阳也醉了。

两人回到村子里，罗赛送马三妹回屋，远远被马老二看见。马老二找了他一天，正在气头上，他脾气跟獒一样暴躁，本来是去摆平事儿的，结果发现罗赛和三妹约会去了！看着二人一脸甜蜜幸福地走回来，他气得直跺脚，抡起棒子对着罗赛就是一顿打，罗赛被打得眼冒金星。马三妹好说歹说拉不住，被带翻在地，她喊：马老二你是不是疯了，这事你管不着！

有了第一次冲突，第二次、第三次冲突也就接踵而来，马老二开始故意挑衅罗赛，在他放牧时找他麻烦，放出话来：罗赛，你要是不识相，我见一次揍你一次。马三妹的态度也很坚决：你揍他一次，我就多爱他一点。家里闹得乌烟瘴气，马老大也烦了，说：快点解决事儿，别让人家看我们笑话。马三妹说：凭什么瞧不起他，他也在养獒！马老二仰天打了个哈哈：他这屃货也养獒？我不信！马三妹说：是不是他能养獒，你就不欺负他？马老二说：他要能养獒，我就用尿壶接水喝！马三妹一咬牙，说：行，我赌，你等着喝！

马老二不找罗赛麻烦了，他悄悄派人去罗赛家里盯着，他倒要看看罗赛怎么个养獒。

盯梢的结果让马老二大跌眼镜，不妙不妙，罗赛这家伙真的在养獒。这回有点不妥了，怪自己把话说满了，怎么办？他突然有点慌，在三妹面前失面子也就算了，要是马老大趁机较真，让他兑现赌约，他就别想直起腰板来和马老大争位了。

马老二心不在焉地去赴已经约好的斗獒局，他连输两场，几个斗獒客拿起钱走人，留他和狐朋狗友生闷气。友人见马老二不悦，试图开解他，说打赌和斗獒是一样的，哪里有稳赢？马老二说：老子就是要稳赢，要是赢不了，以后也不好活了！友人摸着胡子：要稳赢，除非作千。如何作千？马老二来了兴致。友人说：我们以前斗獒，有些个名堂，如果对方很强，我们就想个办法让对方的獒吃点不干净的东西……马老二拍着桌子，这帮王八蛋，自己以前输钱多半是挨了冤。他心想我不是说斗獒。马老二脸上一阵红一阵白，总不能告诉友人，自己和马三妹打赌，赌注还那么惊世骇俗吧。

等等，马老二脑子里灵光闪过，斗獒可以作千，打赌也能！他当即电话喊来两个小跟班，高原上信号不大好，他打了两次才接通。这两个小跟班是帮马家去山里砍药材的，主打一个手脚利索。马老二的想法很简单，等夜深了，派这两人去罗赛家的棚里，把罗赛的獒崽套袋里捉走。我看明天马三妹拿什么出来和我打赌！

5.

老法官段玉森准备出发了，他将天平法徽背在背上，法官助理小郭、女书记员小娟带上文书纸笔和法槌印信，三人开着车，将在日落前抵达砬子堆村，在砬子堆村休息一夜后，车就进不去了，只能三人三马而行，再走大半天山路，就能按计划时间抵达阿木村。

传票已发，开庭日已定，老段想了想，提前抵达，还可以开展一些法庭调查。他注意到马三妹接收传票的地址和马老二的地址不一样，这就意味着，在罗赛事件发生后，马三妹彻底和家里决裂，搬出去住了。

如果罗赛是被逼迫的，这场审判可能会遇到一些阻力。在高原地区办案多年，老段对于可能遇到的困难有着清醒的认识。当然，不管什么阻力，他们都必须在开庭日将天平法徽挂到村委会办公室的墙上，组成一个临时法庭，对该案进行审判。

一辆北京吉普车，三人上路了，路上小郭和小娟问老段怎么看，老段扶了扶眼镜：怎么看？戴着眼镜看。小郭笑了：聊聊正题，面对这么凶的獒扑咬自己，您不觉得罗赛是正当防卫吗？老段说：废话，如果是马老二有意纵犬行凶，罗赛生命受到威胁，当然可以无限防卫，毕竟生命权是至上权利。那么问题来了，马老二和罗赛有什么深仇大恨的，要纵犬行凶？动机是什么？小郭叹气：马老二是个凶顽的主啊。

小娟说：如果马老二是故意纵犬，涉嫌刑事犯罪，罗赛正当防卫打死獒犬，本不该承担责任，却又在对方逼迫下当众受辱，这又涉嫌侮辱罪。

这就有点像恶势力了！小郭开着车，骂了一句粗话，感觉路面颠簸。这辆车跟着老段很多年了，跑过高原上很多地方，也算是一匹老马。高原上的云层薄，阳光直插进来，透过车前挡风玻璃，把三人都照得发亮。

老段拿下副驾旁挂着的草帽，把阳光遮了一遮。高原的天，说变就变，三人车行一半，已过海拔四千两百米的摘天山，空气变得稀薄，山里起了一阵雨雾。得快些行车，不然会有麻烦，老段警惕起来，这样的暴雨天在高海拔行驶绕山路，可不是舒服的事。

转过山的阳面，暴雨夹杂着冰雹猛地降落，稀里哗啦地冲刷三人乘坐的北京吉普。小娟有点怕，问老段：这样的恶劣天气你见过几次？老段说：好多次啰，每次过摘天山去开庭，天气都不大好。小郭给自己壮胆，老段一身正气护体，向来好人平安。老段指了指后座的包袱：什么正气护体，这才是护身符。那包袱里装着天平法徽。他又问：知道为什么法院的印章是国徽吗？二人皆道不知：是啊，别的行政部门印章都是五角星。老段说：你们把它背到背上，就知道了。

风暴越来越猛烈了，冰雹把车窗砸了个洞，风灌进来，众人感觉背脊发冷。老段说：小郭，快找个地方躲一下。小郭刚要说话，一股横风袭来，车辆打滑严重，眼见车辆就要被掀翻落入左侧山崖。老段只觉得眼前火光乍现，小郭一打方向，车身向右侧山体碰去，撞停车辆，这也是避险之法。

惊魂未定的三人从车上下来，幸好均无受伤，此刻山上寻车不得，更无信号联系救援，雨雾中只剩车辆的应急灯闪烁，颇有天地隔绝、人神无助之意。老段从车上拣出雨衣和装备，在雨中辨明方向，给二人鼓劲：别怕，离山脚已经不远，我们找处地方躲雨，等雨势稍小就走下山去，再联系车辆救援，这种事，老段我见多了。对了，小郭，你把天平法徽背上。

回说马老二，得知法庭将至，他上蹿下跳在村里寻找狐朋狗友商议，现在出了人命，别说村里、县里了，就是州里也是沸沸扬扬，这事如何善罢！在狐朋狗友的唆使之下，他灵机一动，竟想故技重施，既然注定要输，不如作千。便与马三妹的赌约一样，只要捉走了罗赛的嫠崽，打赌就没法进行。他想了半天，终于把心一横，只要法庭不能按时到达，这事就该有转机。一条命是命，三条命也是命！马三妹躲起来了，现在满山遍野寻不着，看样子是非撑到开庭才露面了。我倒要看看，你能掀起什么浪！

老段三人抵达砬子堆村已是深夜，又困又乏，在村委会喝了点热汤就睡下了。他们不知道的是，马老二的几头獒和小跟班，已经出发迎向他们了。次晨，老段三人换成马匹进山，小娟和小郭尚在头一日恶劣天气劫后余生的庆幸之中，却不知道危险已在前头。

因为常年在高原办案，骑马是门基本功，小娟刚来的时候还不会骑马，现在已经俨然熟手。小郭骑术稍差，缓缓跟在后面，他背着重重的天平法徽，嘴里抱怨什么时候能把这山给凿穿，修条路，让北京吉普直接开过去。一想到北京吉普尚毁损遗留山里，他内心又颇内疚，他想村里的干部多半今日联系拖车去处理事故现场。人和机械不一样，人在危急关头，为了保命，本能就是避险，那么罗赛面对马老二的獒犬，是不是也属这种本能？

他正想着罗赛和獒犬，突然老段喊一声：低声！小郭听见小娟的惊呼，他发现在山林之中围出四条獒犬来。这四条獒犬明显不怀好意，正往三人三马处聚拢。

獒犬堪比狼熊，扑咬过来，是会死人的！

气氛一下子肃杀起来。老段一伸手：把法徽给我。他骑术最精，由他来保护法徽比较妥当。老段说：把马鞍夹紧了，听我话，一口气冲过去！千万不要怕，千万不要停！

三人三马像箭一样冲向前去，马蹄的震动显然激怒了围拢的獒犬，领头的獒犬咆哮一声，迎面扑了过来。老段身下的马儿有些惊怕，他心中雪亮，若是马儿受了惊吓，等獒犬扑咬上来，更是无力回天，他大喝一声，猛抽马鞭，向那獒犬撞去。

狭路相逢勇者胜，那獒犬体形虽巨，却哪里见过如此冲锋向前的马匹，就在二者将要撞上之时，獒犬本能地跃往一边。老段三人三马连珠炮般，冲出包围圈。

老段好样的！小郭禁不住为这位老师喝了声彩。老段在高原上办案多年，什么妖魔鬼怪没见过？他刚庆幸了几分钟，蓦地，只听老段一声闷喝，人马皆摔倒在地。不好，有绊索！小郭意识到的时候，已经晚了，三人三马相继被绳索绊翻。

老段摔得浑身是血，这下明白了，这是有人蓄意而为。是谁干的？那还用说，除了凶顽且在阿木村有庞大势力的马老二，谁敢？

只见林子里走出几个人来，人手一支猎枪。

领头的是个矮子，戴着厚厚的高帽，他走上前，一口当地方言：段老师，我向您讨样东西。

老段在索坑里坐起，依然威严不动：你要什么东西？跟班上前，去抓老段背后的法徽，主顾说得很清楚，只要不开庭就行。老段抓紧了背后的包袱，这马老二是吃了豹子胆，为干扰开庭，竟在路上暴力拦截法官，抢夺天平法徽。只要法官不到场，天平法徽丢失，临时法庭就失去威严。庭审一旦改期，他就有足够时间找寻马三妹！

老段死死抓住包袱，几乎拼尽了老命。笨蛋，我就是爬，也要爬过这座山，把法徽挂到山那边的墙上，把审判送到恶势力面前！

矮子走上前，用猎枪对着老段，说：命和开庭，你选一个吧。

6.

啪——枪响了。

枪声响彻整个阿木村，悠长而有力，有力而悠长，在村子上空飘散，清响，回荡，涤荡开来，钻入密林深处。

密林深处的矮子吓得脑袋一缩，像是乌龟般警惕起来。老段长出一口气，须发戟张：我现在给你选，是自首还是加重？矮子被他威严所慑，双膝一软就跪了下去：不关我们的事，都是马老二指使的！

这定局一枪，来自村里，矮子根本不知道，他的主顾现在已经发生了翻天覆地的变化。两队便衣民警找上了马老二，这队民警来自整治村霸黑恶势力专项工作组，受县里扫黑工作领导办公室领导。

民警出示证件和法律文书，依法传唤马老二，他持奘反抗，几头猛犬扑咬而至，民警鸣枪示警，连人带奘，统统制服。马老二低着头，说：我以为我赢了马三妹，没想到老子输了！

他说的是和马三妹打赌，赌约是罗赛能养獒。马老二当晚就出了千，让他的跟班去把罗赛的獒崽盗走。那天深夜，跟班确是前往罗赛家棚中盗獒崽，不料那獒崽竟被罗赛调养得颇为健壮，它见有生人前来作恶，便使出浑身劲儿与之搏斗。两名跟班跟着马老二养獒也有一段时间了，知道獒犬发起狠来，可不是闹着玩的，一旦钉住了、咬住了，根本不撒口。跟班两人在棚里闹出动静，生恐惊动了罗赛母子，于是只求速战速决，尽快脱身，主顾交代的是只要这獒崽明天不能出场便是，并没有说一定要活捉。

两人在慌乱中持柴刀劈向那獒崽，棚里打得全是血。獒崽的叫声惊动了罗赛，他跑到棚里，那两人的柴刀已经把獒崽劈死，跟班留下话：村里现在有规定，除了马家押送药材，谁也别养獒！说罢当着罗赛的面，扬长而去。罗赛抱着小獒崽，一股热血直冲脑门。

翌日，马三妹和马老二兑现赌约，马老二神情得意，态度嚣张：我看罗赛拿什么出来和我打赌。马三妹久等罗赛不至，内心颇为关切，难不成这无良无德的马老二为了打赌胜利，竟对罗赛施以毒手？她翘首以盼，终见半边衣服是血的罗赛出现在了霸场门口。那是他养的獒崽的血，那头獒崽是他从老牧民那儿讨来的，花了他一半的羊，他养得很是辛苦，他内心却充满希望，想着自己有一天能通过成功养獒，得到马家的认可。

这头獒崽对于他来说，就是歌词里唱的，能带着他走向马三妹的五彩桥。到后来，他和獒崽产生了一定的感情，只对一个主人忠心的獒崽和人类情感有着许多共通之处。

现在，马老二为了赌约，活活把他的獒崽砍死了。

罗赛也说不清自己是愤怒还是崩溃，他走上前去，问马老二：是不是你叫人弄死了我的獒？马老二歪着头：什么态度跟老子说话！你也配养獒？

罗赛不知道哪里来的勇气，他揪起马老二的衣领：你赔我！

马老二怒了，一抖手边的犬链子，一头人高大獒扑了过去，那獒闻到罗赛身上的血腥味，越发来劲，追着罗赛扑咬。

马三妹吓得大喊：住手！住手！她见过马老二这头獒，此獒曾经在押送药材过山林的时候，咬死过一匹狼。

罗赛被追进了谷仓堆里，他抓起了谷仓堆里的柴刀，混乱中砍向大獒。他已抱必死之心，根本无暇顾及自己浑身上下皆被咬伤，也不知道乱劈乱砍了多长时间，也不知道他到底流了多少鲜血，等到这场人与獒的相杀终于停下来，马老二的大獒被砍死在地。

后来的事，大家都知道了，马老二召来了族人，逼迫罗赛赔钱、赔礼，乃至跪狗。罗赛一怒之下，跳进了雪水河里，他浑身咬伤未愈，一入冰河，鲜血像春天的花朵一样绽放。

再后来，马三妹也不见了，有人说她去县城告她二哥去了，然后法院发来了传票，在法官前来开庭的过程中，警察先行介入把马老二和一众村霸都逮捕了。正义终于战胜邪恶，罗赛的冤屈得以洗刷……

等等，故事聊到这儿，我有个疑问。我问友人，老段，马三妹状告马老二侮辱罪，这可是自诉案件，马三妹主体适格吗？老段神秘一笑，拿出一张证件复印件，那是一张结婚证。老段说：近亲属和配偶可以代为控告！

我一听，马三妹成了近亲属和配偶？马三妹什么时候和罗赛结的婚？

老段半阖了双眼，缓缓说：你看上面日期。我定睛一看，竟然是罗赛投河之后的日子。故事顿时发生情节逆转，这罗赛没死！是，罗赛没死，下午他们要来法院取材料，你要不要和我一起见他一面？我说：好啊好啊，我问问他到底什么情况。

见到罗赛后，我与老段问他情况：为什么所有人都以为你死了？他说这是和马三妹商量好的，这不过是一场摆脱马家兄长的私奔。我又问：罗赛，那马老二让你跪他的獒，你到底有没有觉着受辱？

罗赛说，没有。斩钉截铁，没有。獒是人的好朋友，我也养过獒，獒死了，人得多心疼，我的獒也被打死了，我理解这个，人并没有高獒一等，能给人磕头，为什么不能给别的生物磕头？

老段说：那你们悄悄私奔又各种控告马老二是怎么回事？

罗赛摸着头：难道我不该控告他吗？告他侮辱，是将计就计，我看过外面的新闻，司法正在重拳打击村霸，说的就是马老二这类人。就算我没受辱，我没自杀，总有别的罪行适合他，马老二知道你们要来开庭审理侮辱罪，一定会反抗你们，光这一条，他就跑不掉！

老段想了想，把整个案情的细节理了一遍：罗赛，你是故意投河的。

罗赛说：是，马老二以为他赢了，实际上他输了，就像我对三妹讲过，我们是人，人总是要聪明一些，不能像獒一样扑咬、相斗。

你就这么相信自己假死能引起上头关注？

不，我不是要引发关注，马老二老是说阿木村山高皇帝远，可是我不信这个邪，我就相信你们背后那个东西，只要是光能照到的地方，它就能到得了！

我回过头，老段椅子背后的墙上，高悬着一枚闪闪发光的法徽。

还有什么需要问我的吗？罗赛问。

我和老段沉浸在这傻小子的思维里，久久不能自拔。我问老段：你不是说这小子很木讷吗？

是啊，我也不解，是什么让他变得如此强大？

外面传来了马三妹的歌声：红红的石头哟，那是光的侧脸。最美的姑娘和月光面对面，太阳下的金桥哟，把我带到阿哥边，大山外的世界，我们去看一看。

我跟着哼了两句：大山外的世界，我们去看一看。

爱是人的软肋，也是人的铠甲。

谢谢大家看到这里，我是讲故事的小赖先生。

空茧

你走的这段时间，我没什么变，只是笑容少了点，都是寂寞在身边。你织一半的毛线，像未完成的缘，慢慢脱了线，成了茧。这故事，还来不及写到永远，这个重要的人已经走得好远。

黄品源《雪花》

去年这个时候，我查出自己患有抑郁症，还伴有幻听。很多年前，有个男艺人死于抑郁，他带着自己的芳华绝代，作别人世，我到现在都不知道该叫他什么名字：张国荣、程蝶衣，还是虞姬。仿佛是一个人，扮演着三个不同的角色，又仿佛是三个不同的灵魂，装在一个空空的躯壳里。大学上影视作品赏析课，那部获奖作品简直就像为他而生。要是没有这位艺人，这部作品能否成为经典，实在难说。

医生问：您能形容一下您耳朵里的声音吗？断断续续，层层叠叠，长长短短，敲敲打打，嘀嘀嗒嗒，有些像……密码。

是的，密码，需要用母本才能翻译出内容，而这母本就在我脑中。

我是一名记者，每年都会报道关于张国荣的纪念活动。我亦是他的歌迷，每次报道他的纪念活动，我都会听见很多眼泪的声音。医生说我有幻听，可我觉得这并不是疾病，我能听见很多不能表达的情感，这不见得是坏事。

就像今天的纪念活动上，有人哭泣，断断续续。每个人都有悲伤情绪，有些情绪是因为纪念他人，有些情绪却是给自己找个喘气的出口。

我不知道从哪儿听见了这些声音，对，我有幻听。它们在问哭泣者：生命什么时候会像一颗流星？我默默念了两遍这句话，然后编成了短信，发给了那个熟悉的号码，尾号 0094。

去年四月一日，我开始跟进一起新街口交通肇事案的新闻，肇事者逃逸了，死者是一名女性。接手这个案子之后，我的抑郁加重了，比往年四月一日还严重。医生建议我请几天假，出去旅游，好好休息一下。

苏小蕾是我的同事，她整个人就跟她的名字一样，充满希望。同事们都叫她小蕾。她大眼睛，长睫毛，中长发很是清新地披在亚麻色的工作制服上。她是个活泼的人，总是笑着说：这个世界上可以忘记一切，除了快乐！她习惯周末来给我收拾书房，去年这个时候，小蕾来到报社，做了见习记者，新街口交通肇事案就是她陪我去现场拍的照片。为什么她会对我这么好呢？用她自己的话来说就是，对我们这些在这个行业里摸爬滚打这么多年的老记者，她心存敬意。这立意拔得够高的，我足足比她大一轮。我问小蕾：你每次这么来当用人，我该怎么报答你？小蕾嘿嘿笑，说：我可不敢要你的钱。我笑着问：那你要什么呢？要钱没有，要人也没有。小蕾说：今天你的时间我包下了，谁也不准约你出去。我说：万一老总来电话要跑新闻怎么办？小蕾从我衣服兜里掏出我的手机：你可知道现在5G信号也不好啦？然后无比快捷地把SIM卡从我手机里给拔了出来。

下午，我和小蕾一起去参观了一个摄影展。小蕾很喜欢摄影，总是拿着相机到处拍，我一度觉得她很有做娱记的天赋。

我知道她叫我来看这个摄影展是有用意的，她领着我去看的每一幅都是色彩活泼、画面优美的风景相片，有丽江，有桂林，有张家界，有黄山。

看完之后小蕾问：听说你被强制休假了，打算去哪个地方旅游？

我说：还没打算。

小蕾说：云南是个不错的选择，你如果要约我同去，我可以考虑一下。

我暗暗发笑，说：你怎么知道我就一定要去旅游？

小蕾说：我刚才看见你盯着丽江的相片看，两眼放光哩。

其实，我对丽江神往，完全是因为一部老剧。在我无知的年纪里，我被剧里无知的爱情打动过，小蕾还蛮善解人意的。我们来到第二个展室，这里展出的不是风景摄影作品，我突然被一张相片震慑住了，小蕾拉了拉我的衣袖，我还是没反应。相片上是一个蚕茧落在嫩绿叶片之上，重重裹裹，蚕茧破出一个小洞，里面空无一物。相片下面写着作品名字：空茧。

蚕茧里被抽出的是什么？看着蚕茧的空洞，我的耳朵猛地抽搐起来，整个展室寂静下来，孤独而高傲的吊灯在天花板上不住旋转。这是哪里来的声音？窸窸窣窣，最后汇成密码般，我从记忆的母本里艰难地翻译出文字，我听见美姿的声音，她说：你还记得我吗？

美姿和我分开很长时间了，从分开的那个时候起我就开始抑郁。

于美姿，曾经是我生活的所有密码。

其实，于美姿和小蕾很相似，从长相到性格，连对服饰的喜好都一样。她们都喜欢穿颜色灿烂的裙子，然后展露阳光般的笑容。第一次见到小蕾时，我吓了一跳，以为是美姿出现。

我的幻听当场就发作了，我脑海里响起美姿的声音。老总敲了敲我的本子，我才回过神来，而小蕾正在一本正经地做着自我介绍：我叫苏小蕾，刚毕业，理想是做个好记者，爱好快乐和阳光，希望大家多多指教。

这个活泼可爱的小蕾，简直和美姿相似极了。

我忽然想起和美姿在一起的校园时光。美姿和我是大学同学，我们不在同一个系，是在一次假面舞会上认识的。温暖的灯光，明亮的舞室，每个人都戴着不同的面具，音响里放着苏格兰风笛，很是缓慢优美的音乐。记得那晚，我戴着一个非常夸张的太阳神面具，美姿戴着维纳斯面具。美姿走过来，伸出手问我：嘿嘿，太阳，可以跳个舞不？

我一呆，说：你是不是认错人了？

美姿笑着说：没，难道你不是太阳？

看完摄影展已经是晚上了，小蕾提议我请客，我欣然同意。小蕾笑着说：好啊，今天晚上我要好好敲你竹杠。我皱起眉头：你不怕把身材吃坏？

小蕾说：机会难得，顾不了了。

我忽然听见美姿也说了这样的话。

回过神来，小蕾已经打开手机点评 App，一页一页地刷着，自言自语道：嗯，编辑推荐的每个地方都想去，怎么办呢？怎么办呢？

好像和美姿在一起的时候，还没有点评 App，顶多就是一本报社的《美食推荐》，除了滞后，还压根儿不更新。

这些事，好像已经过去了一个世纪。

我一把盖住小蕾的手机：都喜欢，那就每个地方都去吃一遍。

小蕾眼里有喜悦的光，说：好啊好啊，当心你的钱包！

今天上午是谁说我的时间她包下了？怎么也得付费啊。

小蕾笑弯了腰：你有所不知，上次我们曝光某些场所后，男同胞身价都降了。

我故意板起脸说：乱说，好歹我还是有头有脸的大记者，怎么说也要贵一点。

小蕾扑哧一声，转身跑了，边跑边喊：谁先跑到老地方，谁就不用买单！

一路嬉笑追逐，我们欢欢喜喜。老地方就叫老地方，是我们经常去的一个餐馆，每次做完采访或是调查，都会去那里庆祝一番。记得那次曝光行动，险些连相机都被人砸了，如果不是我护着小蕾，后果不堪设想。后来派出所的几个朋友来摆平了这事，小蕾为了感谢我，就来这里敲了我竹杠。

那天晚上，从南岸区的老地方，一路品尝美食，到江北区的小龙虾。我说：你今天是一张嘴巴跨越长江两岸了。

小蕾笑着说：等着吧，我可是打算什么时候要去飞越长江的人！

我说：丫头，你这番豪情不小啊！

小蕾说：你不知道的事太多了，你今天敢不敢做点出格的事？

我面上一红：你说，啥事？

我们来挑战一下吧，吃我是吃不动了，喝我还能喝得了。小蕾指着滨江路上的一排小酒馆，说，我以前看过一个很有意思的挑战节目，如果有个男的能为你撑着把这条街上的小酒馆都喝一遍，那他……

我截口：那他一定是个傻×。

老同志，你敢不敢？我还没来得及应战，小蕾一拍桌子，走！今儿飞越两岸，酒霸南北。

说到飞越，记得很早以前流行飞越黄河，柯受良开车飞越的时候委实让那时候还是孩子的我们热血沸腾了一番。后来柯受良去世了，美姿和我讨论，她觉得生命就应当是这样，不断挑战。她的生命似乎有一种向上的张力，无穷尽一般。

如果没有美姿，我的生活势必相当堕落无聊。认识美姿之前，我每天的生活就是玩玩牌、喝喝酒、抽抽烟，偶尔心血来潮去上一两节课，找不到目标，反正是茫然的，就像一个空壳一样。

美姿的张力让我感觉到，原来幸福很容易，原来幸福可以让人很贪恋。第一次参加系里的好新闻比赛，美姿和我一起到农村做调查，我写出了自己的第一篇通讯，配上一系列照片，金灿灿的麦子，湛蓝的天，文章名字叫《那片天空下》。

晚上回到学校，开始整理一沓厚重的资料，美姿坐在我旁边，一边打着呵欠，一边帮我整理。我问她：许茹芸的歌你听吗？

美姿点点头。

我给她戴上耳机，里面是许茹芸最经典的《如果云知道》。

美姿闭上眼，长长的睫毛很漂亮，她身上还散发着淡淡的香味。我突然有种预感：她在等我吻她。

这个故事没有结尾，开头却非常精彩，故事叫《大明宫词》。美姿把太平公主和薛绍的那段相遇奉为经典。

太平公主揭开面具，面具下的薛绍惊异地望着她。

薛绍：您……是不是在找人？

太平公主：是……我在找昆仑奴。

薛绍：昆仑奴仅仅是一张面具，面具后面的人通常是不同的，所以您是认错人了。您手里不是也拿着一个昆仑奴的面具吗？

太平公主低头看着自己手上的面具，抬起头时一脸羞涩。

薛绍：我可以走了吗？

我和美姿的感情，开始也是这样，戴着面具，跳了一支舞，虽然那时我很笨拙，踩了好几回她的脚尖，但她只是笑笑。舞会散后，我们互相留了手机号码。

不久之后，学校有一个话剧晚会，美姿联系我，想让我跟她一起参加。不识趣的“钢铁直男”竟然脱口问：为什么是我？

她笑着说：因为面具啊，我们是通过面具认识的，我想排的话剧也跟面具有关。

我问：什么话剧？

她说：《大明宫词》。

我笑着说：那我演什么，皇帝？

她笑了半天说：你嘛，我看可以演个公公。

从江北小龙虾转场到二十四道酒湾，小蕾喝醉了，反复说着她今天好开心。各种颜色的酒，汇聚成暧昧的颜色。我看着她，泪光在高脚玻璃杯中荡漾。

音响里放着苏格兰风笛，小蕾脸上有醉人的嫣红，很妩媚，如果是美姿的话，我会一把把她抱过来，搂在怀里。

小蕾和美姿真的很像，从性格到长相，都相似，但小蕾终究不是美姿。

第一次带小蕾外出采访，一路上她问长问短，打那次后我就觉得此人有做娱记的天赋，太能挖掘东西了。不过用她自己的话来说，我是她的一个高难度挑战，因为她对我的挖掘从来都是以失败告终。姜还是老的辣。

送小蕾回家，她一个人住，房间收拾得很整齐，很干净。床头一个大大的粉红色的皮皮猪，墙上挂着明星海报。我心中暗暗笑，果然是个小姑娘。

安顿好小蕾，我正准备离开。小蕾拉着我的手，喊着我的名字，我吓了一跳，缩回手来，险些把她从床上拉下来。我给她盖好被子，坐在一边，任由她拉着我的手，听着她迷迷糊糊地讲着大学里的事情，仿佛我也回到了过去的校园时光当中。

我离开学校有多少年了？快十年了？记不清了。时光是一个很漫长的过程，又是弹指一挥间的，我摸着脸上的疏离，时光果然催人老。很是怀念大学的生活，怀念和美姿在一起的日子。

半夜，小蕾总算安静下来。我点了一根烟，坐在不开灯的房间，借着窗外的灯光翻看小蕾书桌上的东西，一本旅游杂志，上面有关于丽江的攻略。

我灭了烟，笑，这小丫头。

随手翻看她的相集，里面是她小时候的照片，胖乎乎的，很可爱。相集里还有她的父母、她的同学，特别是大学时候的，好多纯真的笑脸。最后一张相片是她拿着毕业证书，站在学校的未名湖旁，一脸踌躇满志的样子。

过了一会儿，估计是她酒劲上来了，叫嚷着要喝水。我端来热水，递上热毛巾，整个儿就一伺候太后的公公，跟多年前美姿说的那句玩笑话一样。

事实是这样的，那次话剧晚会，我并没有演公公，我有幸成为薛绍，跟美姿扮演的太平公主有感情戏。

我们的演出并不出彩，倒是我和美姿退到幕后合唱的一首歌曲让全场轰动了。

舞台上的脂粉太朦胧，

看见了世间最美丽的彩虹。

舞台上的感情太厚重，

感觉到世间最真诚的相逢。

或许一瞬的光华太耀眼，
彼岸的流星来不及，
我已经拥你在怀中。
或许一眼的惊鸿太匆匆，
年华的泪水来不及，
别哭泣，别问我，
别问离别有多痛。

唱完这首歌，台下轰动了，我握起美姿的手，凑近她耳边，小声问：你可以做我的女朋友吗？美姿扑哧一下笑了出来，说：铁头疙瘩，你还会给自己加戏了！我们开心地笑了，美姿是阳光，笑声中我握紧了她的手。

现在小蕾握着我的手，又睡了过去，鼻翼微微颤动，另一只手抱着那只可爱的粉红皮皮猪。

忽然，我的幻听发作，断断续续、层层叠叠的密码拼凑出笑声、笛声，我听见那晚的话剧对白。我缓缓松开小蕾的手，坐到窗口，看着下面冷冷的霓虹灯光中来来往往穿梭的车辆，开始悲伤莫名。想想当年的剧，曾经爱得那么深，又为什么要分开呢？人生的台本皆是固定，谁也不能给自己任意加戏。

第二天，小蕾一觉醒来，我做好了早餐放在她的饭桌上。

小蕾脸上有着灿烂的笑容，她咬着下嘴唇笑，看了我半天，好不容易才开口说：昨天晚上谢谢了，一定好麻烦你。我笑了：快点起来吃东西，还要上班！小蕾叫道：不好，老总肯定要杀人了，我还有篇稿件没写。

我拿起书桌上的稿件：是不是这个？昨晚我已经帮你写好了。

小蕾一边刷牙一边嘿嘿笑：老同志，我要是能真包下你就好了。

听到这话，不知道怎么回事，我竟然有一种空虚感。梳洗完毕，小蕾和我赶着去上班了。

我怀疑自己是不是总是活在幻觉当中，总是会想起以前，就像昨天晚上，帮小蕾赶了个稿件，很久没这么晚熬夜写稿子了，因为美姿说过，晚上不准熬夜，对身体不好。

我随时会产生幻听，随时会听见美姿说过的话。其实我挺向往那样一种生活：凭几夜读，佳人在侧。《项脊轩志》里的几声雁鸣惊醒后，孤身一人的处境想必很无奈很凄苦，所以我很听美姿的话，决定再也不熬夜了。

回到报社，被老总训了一通，小蕾谎称自己生病昏倒了，我送她去了医院，一直没离开。老总将信将疑地看着小蕾，小蕾一挺胸，那正气凛然的神情让人难以质疑。老总一挥手，分了个苦差，去搞一个专访。我和小蕾灰溜溜地就出去了，下行电梯里，小蕾问：昨天晚上有没有发生什么？

我赶忙说：没有，本来我要走的，你喝醉了拉着我不放，除了帮你递热水、递毛巾、赶稿件，就没发生什么了。

小蕾问：真的？我说：真的，我以人格保证。

小蕾突然贴近我，说：铁头疙瘩，你为什么不给自己加戏？

我一呆，电梯顶上的日光灯不停旋转，我的幻听再度发作，我听见了美姿的声音，我简直要昏过去了。电梯到底，那一瞬间的重心变化让我晕了过去，我听见小蕾喊着我的名字，不过这种声音是真实的，然后我就人事不知了。

等我醒来，人已经在医院了，小蕾坐在一旁，脸上的泪痕还没干。

我问：丫头，你哭什么？

小蕾揉了揉眼睛：我没哭，我就是眼睛有点疼。

我望着天花板，天花板上是淡蓝的花边，围着一簇太阳花，图案很明媚。我说：你知道吗？我一直就有病，一直活在过去。小蕾看着我，隔了半晌，问：铁头疙瘩也算病？我说：是的，你怎么知道的？小蕾说：说说吧，她是个怎样的人？

我说：跟你很像。

小蕾半晌没说话，突然笑了，似乎想通了什么，说：我想去丽江，你能陪我去吗？

我想了很久，说：我想先带你去一个地方。

美姿，你知道吗？一直以来你都是我的阳光、我的快乐。你离开之后，我就不快乐了。你记得吗？那场假面舞会，那支舞，那间明媚的舞室。那次话剧演出，太平公主和薛绍虽然没有在一起，可我不是薛绍，你也不是太平公主啊。

你记得吗？我们一起上过七百四十六次自习，在天台看过三百五十一次日出，一起看过一百一十部电影，一起牵着手在校园里散步，一起绕着湖水数过星星。

你还记得你说过的那句话吗？曾经爱得那么深，又为什么要分开呢？

小蕾站在我身后，叹了一口气：我知道了，其实我早该知道的。

我问：你知道什么了？

小蕾说：我并不是她，只是我的手机号码和她用过的，一模一样。

对，我发出的每条信息、拨出的每个电话，这十年来，一直都是给这个熟悉的号码。

所以我才来找你。

小蕾从手机里翻出一则备忘录，上面记录着去年新街口交通肇事案的新闻，受害者大大的眼睛，和苏小蕾真像。

我看着手机，耳朵里又开始了窃窃私语，苏小蕾，你也是我的幻觉吗？

到底什么是幻觉，到底什么是真实？小蕾叹了口气，幻觉成了真实，真实也即幻觉？梦耶真耶，化作蝴蝶。她含着泪说：我早该知道的，我永远也战胜不了她。

我不说话，抚摸着大理石碑，冰冷却亲切。美姿，你走之后，我所有的灵魂都被抽光了，就像那幅叫《空茧》的摄影作品一样，我剩下的只是一个幻听的躯壳。

美姿死于多年前，一场车祸中。

原谅团

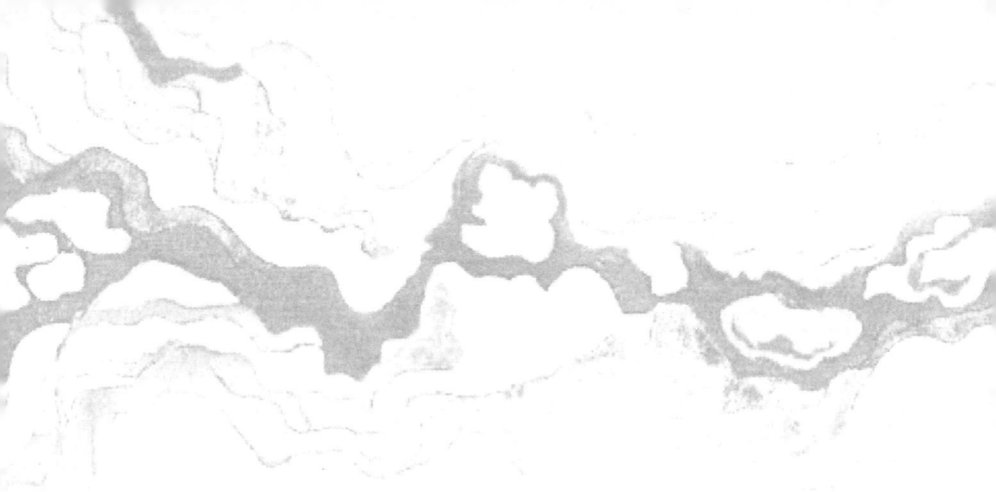

鹏程律师事务所申领了市法学会的课题，内容是关于纠纷多元调解机制研究。事务所决定成立一个专门处理家长里短的小团队，专攻调解业务。

事务所里没人报名，这事压根儿费力不讨好，不挣钱还特耽误时间，于是事务所主任强制要求业绩倒数的安德彬律师牵头。主任一抬眼镜：所里的律师助理、年轻人，随你挑，只要能解决这个课题，我就不追究你业绩垫底的事儿！

这费力不讨好的事，我就只干一个月，等我业绩上来了，我就把这活儿扔给隔壁徐正义律师！安德彬跺脚发誓，从主任办公室摔门而出。

憋屈归憋屈，活儿还得干，成年人的不容易，只能自己消化。安德彬转头就去人事那儿挑简历，人事问安律师：您要找什么样的人？捧着一堆简历，只见个个都是法学精英，不是清北人大，就是中政西政，安德彬头都大了，这些年轻人能跟着自己干调解业务？

人事点头：当然不能。

安德彬没辙：那就随便来点能人异士吧。

人事一字排开简历，安德彬眼睛瞪大：这都什么人？特长……擅长脱口秀？擅长人见人爱？有十七八个姑妈！您确定这是给我找律师助理？是没人愿意入组是吧？

是的，就这三位报名了。

安德彬没辙了，通知三位大神明天来报到。他想的是，反正只干一个月，给市里交个差，帮事务所解决摊派任务，就不讲究了。

于是，业绩倒数的拉垮律师安德彬，吸纳了擅长脱口秀的王胖子、具有亲和力的唐彩彩、“地头熟”叶小青三个年轻人。“原谅天团”，正式集结。

原谅天团开张的第一天，接到男子张合的上门咨询，男子声称要告市第九人民医院。案件内容相对简单，处理起来却很棘手。张合之父张开是艺术团退休喜剧演员，性格外向，为人和善，前阵子生病住院。

张开老人家在医院住院期间充分发挥了喜剧特长，以其乐观开朗的性格和风趣幽默的话术，把跟医生、护士、病友的关系都搞得极为融洽。特别是护士小高，张开老人家有事没事就找护士小高唠嗑，小高每次都被老人家逗得哈哈笑。

时间久了，有病友觉察张开老人家对护士小高有意思。小高心里也犯嘀咕，怎么老人家对自己的各种情况都很上心，难不成对自己有非分之想？这念头一起，小高每天就特别注意，妆也不化了，头发也不打理了，和张开老人家有意保持了一些距离。两人间就有了隔阂。

这一天，张开老人家见小高神情沮丧，知道不便问她原因，但出于关心，就又和小高聊天。原来，小高刚刚失恋，心情不好，老人用了很长时间才把姑娘逗乐。这一乐本不打紧，可是姑娘把给老人注射的药给拿错了，针打进去之后，老人立刻出了问题，经过医院抢救，老人身体受到极大损害，昏迷不醒，得延长住院天数。

儿子张合得知此事，找院方评理。一时间，医院里风言风语四起，说是张开老人家老不正经，自己调戏护士小姑娘，才让小姑娘弄错了药，咎由自取。

张合羞愤之下，声称要告医院。事务所评估之后，觉得这个案件标的不大，缠诉根本没有必要，便让原谅天团发挥职能，设法庭前调解。

安德彬领受这个任务的时候，内心是拒绝的。事务所主任是一块老姜，语重心长地告诉他：调解这种事，讲究你情我愿，不能强推，但相对于民事诉讼来说，这是最节约司法成本，也是最能息事宁人的一种处理方式。我们为什么要讲法治？法治的基础是什么？司法公正也是为了和谐社会嘛。你不是不服气吗？那就好好把这事儿给办了，让大家看看！你一发招，就能让诉讼律师没饭吃。

安德彬被打了鸡血，当天就召集小组开会，分工明确，立马开工。四人各展本领，安德彬调查了张开老人家的就医记录，王胖子走访了老人家的病友。唐彩彩和叶小青找到了护士小高，迅速与其成为闺蜜。

经过诸人努力，安德彬终于搞明白了双方症结所在，于是提出一个和解方案，但张合根本不接受和解，原因在于张开老人家病情严重，一直没有醒转，还背负了污名，这事绝对不能善罢甘休。

原谅天团和张合一起到医院探望，顺便组织双方进行和解。张合和医院代表在病房内争吵起来，当提到护士小高的名字时，张开老人家的仪器突然有了反应。

安德彬让小高来到床前，给张开老人家说话，告诉老人家张合要告医院，自己可能面临医院的处罚，丢掉工作。听到这，张开老人家突然醒转，嘴里冒出话来：儿子，和解吧！我是在给你相媳妇！

经此一役，原谅天团在业内名声大噪，此后一段时间，四人陷入了各种纠纷事务的调解中。律师事务所内部却出现了矛盾分歧，由于四人调解得力，很多案件由诉讼转为调解，聘请律师打官司的案件相应变少，案件代理律师的收入也相应降低。安德彬询问事务所主任，这样的模式是否可行，得到的答复是鹏程律师事务所就是要打造为群众最小成本化解纠纷的效果。而与此同时，事务所里的案件代理律师却开始排斥原谅天团。

直到有一天，一个轻伤案件提上了事务所的日程。被告是一名男大学生，名叫罗定。原告是他的同学蒋飞。二人是音乐学院的学生，蒋飞主修专业是钢琴，在一次打架中，罗定把蒋飞的右手无名指打折。经过一段时间的治疗，蒋飞的手指无法恢复正常功能，经鉴定为轻伤。案件随即进入刑事程序，罗定可能被判处故意伤害罪。罗定的辩护律师向罗定父母提出，如果能取得蒋飞的谅解，对罗定争取轻判和缓刑能有所帮助。

罗定的辩护方正好是鹏程律师事务所的对头万里律师事务所。罗定的辩护律师找上蒋飞父母，却遭到了蒋飞母亲的激烈反对，无法取得谅解，蒋飞母亲告知对方，出多少钱都没用。

罗定的辩护律师出于无奈，在网络上找到了原谅天团，登门造访。安德彬和王胖子、唐彩彩觉得棘手，本意是想推掉这个案件。谁知鹏程律师事务所主任找来安德彬，让他尽量调解此事，罗定和蒋飞都是年轻人，没有必要因为一次冲动毁掉人生。当然，安德彬看出主任是为了彻底压制对手事务所的风头。

两家律师事务所暗中较劲，谁能解开蒋母的心结，为罗定求得谅解谁就赢了，输的一方就要甘拜下风。

原谅天团正式介入案件，“地头熟”叶小青通过方方面面的关系，找上了蒋母，攀上了关系。蒋母告知她，根本没法计算家里受到的伤害，想要谅解书，先拿一百万，因为她从蒋飞小时候起就倾注了所有心血，把蒋飞培养成为钢琴生，蒋飞马上就要毕业了，未来他一定可以成为著名钢琴家。

可是，这只是蒋母自己的主观想法，蒋飞至今并没有考取任何和钢琴专业水准认证相关的证书。如果蒋母对蒋飞的未来期望可以量化的话，问题还好解决，现在问题难就难在蒋飞未来的钢琴演奏水平会是怎么样，谁也说不准。蒋母提出可以让专业评委来评估，以衡量赔偿多少金额。

安德彬等人请来了蒋飞、蒋母，以及专业钢琴评委。蒋飞面对着钢琴愣愣出神，受伤的手怎么也不放上钢琴，这一场评估不欢而散。

与蒋飞一家交涉无果，安德彬等人陷入了困境，对方要价一百万，罗定家里根本无力支付。在会见了罗定之后，罗定告诉安德彬，他和蒋飞本来是很好的朋友，因为那天蒋飞心情不好，罗定本来是想跟他开个玩笑，提到了罗定自己家里的情况，结果不知什么刺激了蒋飞，二人争吵起来，罗定没忍住就动了手。

安德彬仔细琢磨，蒋飞的心结很有可能和他母亲不一样。即便是无名指受伤，蒋飞也不该在那次评估中表现出对钢琴无比抗拒。

唐彩彩找到蒋飞，和他深入交谈，走进蒋飞的内心，了解到蒋母和蒋父正在闹离婚，这也是那天蒋飞情绪不好和罗定打架的原因。

她想出一个办法，约罗定父母和蒋飞父母前往学校多功能厅商议调解方案。

调解自然没有想象中的气定神闲，双方一言不合就发生争吵。就在双方争执之际，优雅的钢琴声响起，蒋飞独自在幕后弹奏钢琴。琴声让所有人都冷静下来，蒋母彻底被震惊，这是儿子从来没有展现过的水平。原来，这一切是原谅天团设计的方案，蒋飞一开始是抗拒的，唐彩彩告诉他：如果你能用琴声打动你的父母，他们就能和好如初。

蒋飞颤抖着受伤的手开始弹奏，他虽然没有考过钢琴等级，却弹奏出了涤荡人心的曲子。他对家庭的美好愿望感动了他的父母。蒋飞自己也想起了和罗定在学校的时光，他关上琴盖，告诉母亲，自己决定谅解罗定。

伤害赔偿可以计量，但人的情感不能。

罗定案让原谅天团更加有名气了，安德彬等人成了化解矛盾、处理谈判事务的明星，在互联网上炙手可热。街坊邻居、大妈大婶每天围着原谅天团转，有纠纷矛盾就找安德彬调解，不用讼累。

这给鹏程律师事务所带来了巨大的流量和名气。这天，安德彬正在买咖啡，留意到咖啡店的电视里正在播放一则新闻，是一起大学生驾宝马车撞人事件。

恶性案件是否能够使用谅解制度？鹏程律师事务所和原谅天团内部产生了分歧。安德彬作为原谅天团的领头人，依然认为冤家宜解不宜结。

可是这一个案子，注定要颠覆安德彬的想法。案件随即信息公开，辩护方竟然又是万里律师事务所。辩护律师做足了功课，甚至在开庭前就已经拿到了受害人的谅解书。

一天夜里，一位中年女性找上鹏程律师事务所，控诉原谅天团颠倒黑白，骗取受害人的谅解。安德彬一头雾水，详细询问，才明白缘由。这位中年女性是宝马车撞人案受害者的大学老师，宝马车撞人案的被告人叫达远，是个纨绔子弟，在大学没有一天认真学习，开豪车、戏弄女同学是常有的事。达远家境殷实，聘请了律师去做谅解工作，以极低的补偿骗取了受害者刘超在农村的父母的谅解。

最让安德彬气不打一处来的是，万里律师事务所的律师为了获取受害人的信任，竟然冒充安德彬，对刘超父母谎称自己是原谅天团的。刘超父母基于对原谅天团长期以来的口碑信任，认真和万里律师事务所律师进行了沟通，万里律师事务所故意隐瞒了受害者可以提出刑事附带民事赔偿诉讼的权利。达远的辩护律师谎称达远系初犯，已经深刻认识到了自己的错误，以虚假的眼泪骗取了刘超父母的同情。

刘超的大学老师是一个有正义感的人，她和刘超亲如母子，她之所以向安德彬等人控诉，是因为她发现刘超父母受到了诓骗，达远根本不是初犯，酒驾害人甚至猥亵女生已犯多次，且每次都以金钱摆平。如果因为谅解书对其轻判，那就意味着纵容他的下一次犯法。

安德彬受刘超的老师所托，找到了担任本案公诉人的同学，二人从闲话家常转入热点案件，提及达远的案件谅解，公诉人表示谅解书从形式上来说是合法的，很可能会起到预期的效果。

鹏程律师事务所对万里律师事务所冒充原谅天团的行径异常生气，却又无可奈何。

案件如期开庭，谅解书被递交上了法庭。法庭经过审理，一个出人意料的判决结果出现了——法庭认定谅解书对量刑不起作用！谅解书必须取得受害人及其家属的真心谅解，且不能带来社会负面效应，达远罪大恶极，屡教不改，如果采信谅解书而对其轻判，势必造成不良社会影响。

原来，在安德彬等人的帮助下，刘超的老师将搜集到的证据提交给了公诉人。公诉人在法庭之上据理力争，坚决抵制“谅解换命”的做法。

在鹏程律师事务所的又一次例会上，事务所主任侃侃而谈，谅解书是源自内心宽容的美德，它代表着人性美好的一面，不应该被利用成为法律技巧。律师可以化解纠纷，促进宽容和谐，却不能纵容作恶……鉴于原谅天团已经有了巨大的关注度，容易被人仿冒，事务所决定把原谅天团注册成 IP。

太阳升起，城市路面上一派车水马龙的景象。原谅天团规模逐渐扩展，人手增多，深入街头巷陌，为纠纷的先期解决继续深耕细作。未来迎接他们的，将是更多“费力不讨好”的事儿。